轨迹

◆

ORBITA ZEULUI

【罗】奥拉·克莉斯迪　著
陈晓颖　译

中国出版集团
中 译 出 版 社

图书在版编目(CIP)数据

轨迹：汉文、罗马尼亚文/（罗）奥拉·克莉斯迪(Aura Christi)著；陈晓颖译. —北京：中译出版社，2019. 7
ISBN 978-7-5001-6001-4

Ⅰ. ①轨… Ⅱ. ①奥… ②陈… Ⅲ. ①诗集－罗马尼亚－近代－汉、罗 Ⅳ. ①I542.24

中国版本图书馆CIP数据核字（2019）第146145号

出版发行／中译出版社
地　　址／北京市西城区车公庄大街甲4号物华大厦6层
电　　话／(010) 68005858，68358224（编辑部）
传　　真／(010) 68357870
邮　　编／100044
电子邮箱／book@ctph. com. cn
网　　址／http: // www. ctph. com. cn

总 策 划／张高里
策划编辑／刘永淳　范　伟
责任编辑／范　伟　张　旭
特邀编辑／张万旭　徐台杰
封面设计／潘　峰

排　　版／北京竹页文化传媒有限公司
印　　刷／北京玺诚印务有限公司
经　　销／新华书店

规　　格／889mm×1194mm　1/32
印　　张／8
字　　数／150千字
版　　次／2019年7月第一版
印　　次／2019年7月第一次

ISBN 978-7-5001-6001-4　定价：99. 00元

面对大地，又朝向天空

——读奥拉·克莉斯迪的诗歌

高兴[①]

多年前，在青海湖畔第一次见到罗马尼亚女诗人奥拉·克莉斯迪。她看似朴素、文静、瘦弱的样子，但一旦开口说话，你就立马能感受到她的激情，她的个性，她的文化，她的自信，她内心的能量，以及她拥抱世界的渴望。我们一同参加了青海湖帐篷诗会，诗会上，她的发言，充满了思想和见解，显露出她宽阔的视野，给我留下深刻的印象。几乎从那一刻起，我就盼望着早点读到她的诗歌。

波兰女诗人、诺贝尔文学奖得主辛波丝卡说过："艺术家就是作品，作品就是艺术家。"我特别赞赏这句话。小说家当然要用小说说话。诗人当然要用诗歌说话。正是在此意义上，读到奥拉·克莉斯迪诗歌时，我才算真正遇见了她。说实话，她

---

① 高兴：诗人、翻译家、《世界文学》杂志总主编。

那首《我的祖国，一扇窗户……》以厚重、复杂的深情，一下子吸引住了我的目光。

我的祖国，一扇窗户……

我的祖国？一扇朝我敞开的
窗户，朴实而庄重，期待着
我献身于天空，那认得出我的
鸢尾花、手、迟疑和思想的天空，
不用问我：为什么？直到何时？

我的祖国？一个没有冬天的冬天的
日子，同熟悉的星辰，被怀疑激发的
命运一道，我走进……
一个我们无从命名冬天的冬天。
一个我只想在其中坠落的冬天。

我的祖国也许曾是一句诗，你的，我的，
一句上帝入睡前必读的诗。

在奥拉·克莉斯迪的诗歌中，我们能明显地发觉一些影响和交融的痕迹：俄罗斯诗歌，罗马尼亚诗歌，欧洲诗歌，古典诗歌，现代诗歌，等等，等等。再说具体一点，我们能明显地看到阿赫马托娃的影子，布拉加的影子，斯特内斯库的影子，荷尔德林的影子，布罗茨基的影子。这些影响和交融同她的生长环境有关，同她的写作背景有关，也同她的心灵倾向和艺术追求有关。实际上，除去天才因素，自觉或不自觉中，任何艺术家、作家和诗人都是影响和交融的产物。关键在于，在影响和交融中，能否最终发出自己独特的声音。独特，意味着个性，活力，陌生化，创造性和想象力。独特，才是一个诗人存在的理由。深入奥拉·克莉斯迪的诗歌世界，我们仿佛被一道光击中，被一种魅力牵引，被一缕气息打动。这恰恰就是奥拉·克莉斯迪诗歌的独特：内在，深沉，幽暗，丰富，神秘，有着浓郁的悲剧色彩、神圣性，宗教感和苦难意识，而这一切构成了一道道感人的内在光芒。她的诗歌，犹如多重喊叫发出的声响，既面对大地，同时又朝向天空，仿佛一个人走着走着，突然生出翅膀，飞向天空。她的诗歌更是精神对精神的承诺，在恐惧和黑夜降临的时刻：

恐惧降临。
黑夜降临——
我的姐妹在炽热的血中流淌。
为时太晚了，生命降临，
我时刻朝它前行，主啊，
遥远的植物，那么生动的地峡
——虽然你牵着我的手——我却从未抵达。
我们面对面站着：精神对精神的承诺

——《恐惧降临》

奥拉·克莉斯迪的诗歌具有古典诗歌的韵味，同时又散发出强烈的现代和自由气息，在十分内敛的抒情和充满虔诚的沉思中，探讨生存、苦难、自我、命运、自由、流亡、生与死、黑暗与光明等主题。这是些永恒的主题，普世的主题，关涉整个世界和人类的主题。在此意义上，我们完全可以说，奥拉·克莉斯迪不仅是一位罗马尼亚诗人，更是一位世界诗人。

我欣喜地了解到，奥拉·克莉斯迪已经出版了十多部诗集，还收获了众多的文学奖项。而且除了诗歌外，她还写评论、散文和小说。她的评论、散文和小说也别具一格，我愿意称之为诗性评论、诗性散文和诗性小说。因此，本质上，奥拉·克莉斯迪是一位诗人，一位受缪斯青睐的诗人。

自从踏上中国的土地，奥拉·克莉斯迪对中国文化和中国诗歌表现出了极大的热忱和兴趣。近几年来，她一直在用各种方式，不遗余力地介绍中国文化，出版中国诗歌，期望通过文化和诗歌更深刻地了解中国。于是，阅读转换成汉语的奥拉·克莉斯迪的诗歌，对于中国读者，又平添了不少亲切而美好的感觉。

2019 年 3 月 8 日于北京

Rădăcina în Pământ, iar Aripile spre Cer
Citind poezia Aurei Christi

Gao Xing[1]
Tradus de Constantin Lupeanu

Am întâlnit-o pentru întâia oară pe poeta română Aura Christi, cu mulţi ani în urmă, pe malul lacului Qinghai. Este un om simplu, liniştit, fragil, dar, odată ce deschide gura, constaţi imediat pasiune, personalitate evidentă, cultură, încredere în sine, energie interioară, şi dorinţa de a îmbrăţişa lumea întreagă. Am participat împreună la un festival de poezie, acolo, în Qinghai, iar discursul ei, doldora de gânduri şi de idei, a dezvăluit o viziune largă, şi m-a impresionat profund. Abia aşteptam să-i citesc poemele.

Wislawa Szymborska, poetă poloneză laureată a

① Gao Xing este poet, traducător, redactor-şef al revistei *Literatura Lumii*.

Premiului Nobel, a spus: „Artistul este opera sa, opera este artistul". Eu apreciez în mod deosebit această teză. Sigur că prozatorii trebuie să vorbească prin prozele lor, iar poeții prin poezie. Cu acest crez am citit poezia Aurei Christi și socotesc că de fapt atunci am cunoscut-o cu adevărat. Iată poemul Patria mea, o fereastră..., care m-a cucerit pe dată, cu o emoție de substanță, profundă, complexă.

Patria mea, o fereastră...

Patria mea? O fereastră simplă și gravă,
deschisă mereu înspre mine, așteptând
să mă ofer aerului ce-mi recunoaște
irisul, mâna, ezitarea și gândul,
fără să mă întrebe: de ce? Până când?

Patria mea? O zi de iarnă fără iarnă,
cu astrul meu familiar, cu destinul în care,
stârnită de îndoieli, am intrat...
O iarnă lipsită de ceea ce numim iarnă.
O iarnă din care nu-mi doresc decât să cad.

Patria mea va fi fost cândva un vers al tău, al meu,
citit înainte de culcare de Dumnezeu.

În poezia Aurei Christi putem găsi, în mod evident, nişte reminiscenţe ale influenţei şi contactului cu poezia rusă, română, cu poezia Europei, cu poezia clasică şi modernă şi aşa mai departe. Mai exact, se pot observa ecouri din Ahmatova, Blaga, Stănescu, Hölderlin, Rilke sau Brodsky. Aceste influenţe şi contacte sunt legate de mediul în care s-a format, de trecutul ei, de opţiunile spirituale şi preocupările artistice. De fapt, excluzând factorul de geniu, orice artist, prozator şi poet, conştient sau nu, este produsul influenţelor şi al amestecului alcătuit de acestea. Problema este ca prin influenţe şi amestec să-ţi poţi afla în cele din urmă vocea ta unică. Să fii unic, înseamnă să ai personalitate, vitalitate, noutate, creativitate şi imaginaţie. Unicitatea este reazemul existenţei unui poet. Pătrunzând în lumea poeziei Aurei Christi, suntem parcă luaţi în primire de o cale luminoasă, suntem captaţi de un anume farmec, suntem emoţionaţi de un suflu. Aceasta este unicitatea poeziei Aurei Christi: conţinut, profunzime, obscuritate, bogăţie, mister, un puternic sentiment de tragism şi sfinţenie, simţ religios şi conştiinţa suferinţei, iar toate acestea se constituie într-o lumină interioară emoţionantă.

Poezia ei, ca sunetele unui strigăt multiplu, se confruntă cu pământul, dar în acelaşi timp se ridică spre cer, ca şi cum un om ar merge pe jos, ar merge şi-ar merge, şi deodată ar prinde aripi şi ar zbura spre cer. Poezia ei este angajamentul spiritului pentru spirit, în momente de spaimă și la căderea nopții:

Și s-a făcut spaima.
Și s-a făcut noaptea—
sora mea șiroind în sângele-ncins.
Și târziu de tot s-a făcut viața,
spre care înaintez, Domine, de când mă știu,
planeta îndepărtată, istm prea viu,
unde – deși m-ai dus de mână – nu am ajuns.
Stăm fața-n față: duh în duh promis.

(Și s-a făcut spaima)

În timp ce emit o atmosferă puternică de modernitate și de libertate, poemele Aurei Christi au în același timp farmecul poeziei clasice. Într-un lirism foarte introvertit și plin de contemplare pioasă, poeta explorează temele supraviețuirii, suferinței, existenței proprii, destinului, libertății, exilului, vieții și morții, întunericului și luminii. Acestea sunt teme atemporale, teme universale, teme care cuprind lumea întreagă, umanitatea în ansamblul ei. În acest sens, putem prea bine spune că Aura Christi nu este doar un poet român, ci și un poet universal.

Sunt încântat să aflu că Aura Christi a publicat peste

zece cărţi de poezie şi a cules numeroase premii literare. Iar dincolo de poezie, ea scrie comentarii critice, eseuri şi romane. Scrierile sale în proză sunt, de asemenea, unice, şi aş dori să le numesc comentarii poetice, eseuri poetice şi romane poetice. Pentru că, în esenţă, Aura Christi este poet, un poet favorizat de muze.

De când a călcat pe pământul Chinei, Aura Christi dovedeşte entuziasm şi interes pentru cultura chineză şi poezia chineză. În ultimii ani, ea a folosit toate căile şi n-a precupeţit nici un efort de a promova cultura chineză în România şi de a publica poezie chineză, în speranţa ca prin cultură şi poezie să ajungă să cunoască China în chipul cel mai profund. Astfel, citind în chineză poezia Aurei Christi, cititorii chinezi se vor îmbogăţi cu o mulţime de sentimente frumoase, înălţătoare.

Beijing, 8 martie 2019

目 录 • CUPRINS

沸沸扬扬的呐喊

你活着，似头上悬着洪钟，
钟口朝下，
看不见边缘，
你一直寻觅，却终不得见。
你的周遭满是光，
朦胧、柔软，
千百年来，不停沙沙作响……
蓦地，
你一步步跌落，
听不到声音，也发不出声响，
你坠入内心的空洞，
坠入生动、绵长的光。

你不断向前，似头上悬着洪钟，

钟口朝向天空。
那里，空空荡荡，空无一人，
一切安好，无比美妙。
周围一团漆黑，像被羊水包裹。
你吞下那份孤独，
那属于另一个你、陌生的你的孤独。
你描述你的驻足，
像著一部书。
内心深处的那个你，虽胆战心惊，却仍在等候。
等待有谁会去敲响
你头顶那两口钟。
他那钢铁的手臂，在空中轰鸣，
像沸沸扬扬的呐喊，
像遥远的呼声。

Ca sunetele unui strigăt multiplu

E ca şi cum ai locui sub un clopot
aşezat cu gura în jos, căruia
nu-i găseşti marginile,
deşi le-ai căutat îndelung.
Eşti înconjurat de o lumină
pâcloasă, ca de vată,
foşnind de milenii, neîncetat...
La un moment dat,
surd şi mut, cobori,
treaptă cu treaptă,
în subterana din tine,
în lumina vie, înceată.

E ca şi când ai înainta sub un clopot

cu gura întoarsă spre cer.
Nu e nimeni. Chiar nimeni.
Totul e bine. Mai bine nici că se poate.
Bezna e ca în lichidul amniotic.
Te-nfrupţi din singurătatea celuilalt,
care eşti tu însuţi, străinul.
Apoi descrii felul în care taci:
cum s-a scris în carte.
Cineva din tine, îngrozit, aşteaptă.
Aşteaptă şi vede cum altcineva
începe să tragă ambele clopote.
Mâna-i de fier uruie în văzduh,
ca sunetele unui strigăt multiplu
departe, departe, departe.

发 热

夜晚，燥热，空气令人窒息，
火星，旋即从天边升起。
发热，感觉似嚼沙土，
闭上双眼，神志不清，
灾难的碎片，像齿间的果仁，被睫毛压扁。
无法摆脱麻木和讶异的侵扰，
焚烧的火堆上，天使在歌唱，余音绕梁。
神明昏昏欲睡。空荡荡，天空不过一个音节。
空洞虚无，甚至，比这还要难过。

偶尔，一丝风吹过，
像濒临死亡的人
发出的叹息。
一切混沌，纠结缠绕，

善恶难辨，
无法呼吸。
在这里，活着宛若死亡，奔跑，躲藏。
上帝，这是你的天堂？似杂乱丛林，呼吸不畅。
甚至，比这还要难过。

Febra

Seară. Aer încins, teribil.
Marte va crește-n fața noastră curând.
Febră. Senzația că mesteci nisip.
Fragmente de apocalipsă strivite-n delir
sub gene, ca miezul de nucă între dinți.
Cuprinși de toropeală și uimire,
îngerii plini de har cântă pe ruguri.
Zeii au ațipit. Gol. Cerul cât o silabă.
Pustiu sau nici atât.

Rar de tot: câte o pală de vânt
trimisă de cineva, ca un suspin
al nu se știe cui, de moarte încolțit.
Totul se amestecă, se învolbură

departe de bine, departe de rău.
Aer irespirabil. Aici se trăiește
ca și cum se moare. Fugi. Ascunde-te.
Lumea ta, Doamne? O junglă
care îți taie respirația. Sau nici atât.

他人的居所

献给 DRP

或许，一切可以无比简单。
或许，我们不过是他人的居所——
可以四处移动的怪异居所，
没有其他选择。

只有在睡梦之中，在破晓之际，
你睁开眼，
遗忘了一切。
屏住呼吸，看太阳迟疑升起，

似心死的人，回复了生气，
却踯躅，不敢向前。

再一次，感觉自己成了怪异的居所，
更加牢固的居所，似乎早有牵绊。

是的，我们似乎都成了居所，孤独难忘，
像寂静夜里迷失的人搭起的柴火。
我们并不认识那迷失的人，
即便终能结识，

——或许是生命的人质，抑或是无常的盟友。
我们活着，像飘去了恐慌之地，
它能感知一切，解答我们的困惑。
上帝，请告诉我，我究竟是谁人的临时肉身？

CASA ALTCUIVA

Se dedică lui DRP

Dar poate totul este infinit mai simplu.
Poate, nu suntem decât casa altcuiva –
o casă stranie, ce se mişcă de colo-colo,
fără să aibă puterea de a deveni altceva

decât în somn sau în visele pe care le uiţi
de cum te-ai trezit dimineaţa devreme
şi urmăreşti cu respiraţia tăiată felul în care
soarele ezită să răsară, de parcă s-ar teme

să facă primii paşi cineva trezit la viaţă
după moartea cuiva dinlăuntrul său,

regăsit ca o casă străină, de care totuși
simte că îl leagă ceva, de neclintit mereu.

Da, ca și cum am fi o casă de neuitat, o casă
singură, ca un rug în noapte făcut de cineva
rătăcit. Și pentru că nu știm de cine anume
și nici dacă într-un târziu vom afla

– ostateci ai ființei, prieteni ai incertitudinii –
trăim ca și cum am pluti prin țara spaimei
care știe, simte, vede totul și ne spune
                                        atât cât trebuie
să știm. Carnea trecătoare a cui sunt, Doamne?

夜晚不过是个居所

似顿悟了自身的价值
惊慌中，你自我封闭，
像一只困在地穴中固执的兽，
不堪钟鸣之扰。
夜晚，与你擦肩而过，
而后径直离去，
不做停留，无迹可求。
内心深处，你明了
那钟鸣
是扇动的双翅。
夜晚，不过是个居所，
有个位高权重的主人，
从你身边经过……
而你，不过是

隔世的
陌客，
只活在别人梦里，
不值只言片语——
像生命之水，雾锁烟迷。
有谁愿意倾听？有谁愿意兀自了解？
……或许，你不过是个陌客，
不过是只言片语。
在肉身空旷的墙壁间
时隐时现，
像坟冢里的天鼠。

Seara nu e decât casă

E ca atunci când îți prinzi înțelesul,
te sperii și te retragi în tine,
încăpățânatule, ca într-o mare criptă
invadată de dangătul clopotelor.
Seara te atinge în treacăt
și pleacă, fără să lase
vreun semn sau vreo urmă.
Cineva din tine înțelege
că dangătul clopotelor e
un freamăt de aripi,
seara nu e decât casa cuiva
mai mare și mai puternic,
în trecere pe aici...
Iar tu nu ești decât semnul

unui străin, cunoscut
într-o altă viaţă parcă,
în care ai fost visul altcuiva
sau nu mai mult decât un cuvânt –
abur crescut din Apa cea vie.
Cine s-asculte? Cine să ştie?
... Poate, da, eşti semnul
unui străin sau al unui cuvânt
ascuns când şi când
între pereţii cărnii tale,
ca liliecii într-un mormânt.

像泥土一层层压向我

没关系，我不停告诉自己。
泥土一层层压向我，无声无息。
我没有丝毫恐惧，
却期待出现光明，

好结束这一切。
有时，莫名的惊恐乍现，
像一道裂开的深渊。
我知道，那是别人给我的信号，

是我走出恐怖的征兆。
自从落入这绵延的峡谷，
我经历了无尽的苦痛，
眼前这荒野的轮回，正是别人眼中的人生。

朋友让我把一切搁置，像放进一对括号，
所以我去听、去看，默不作声。
我明白，自己再也无法拿出勇气重整旗鼓，
再也无法兑现曾经的承诺。

如何才能把这一切搁置，像放进一对括号？
这是我渲染了死亡的人生。
我不知道，我是否还有一次生命，
在某个遥远的地方。

Pământul se-aduna în straturi

E bine, îmi repetam. Şi pământul
se-aduna în straturi cuminţi peste mine.
Nu-mi era frică deloc. Mă surprindeam
aşteptând să se facă lumină

şi să se încheie, în sfârşit, povestea mea.
Uneori, o spaimă obscură se căsca
deodată, ca o prăpastie. Ştiam că
acesta e un semn adus de cineva

care anunţă ceva mai puţin înspăimântător
decât tot ce mi se întâmplă, de când tot alerg
prin valea aceasta fără sfârşit, căreia alţii îi spun,
straniu, *viaţă*, care seamănă cu un sălbatic cerc.

Pune între paranteze tot ce s-a petrecut,
îmi spune un prieten. Iar eu tac. Privesc şi ascult.
Şi înţeleg că nu mai găsesc puterea să mă adun
şi să fac ceea ce mi se cere demult.

Cum aş putea să închid între paranteze totul?
E viaţa mea, laolaltă cu tonele ei de moarte.
O alta nu ştiu dacă voi avea în curând
în acelaşi ţinut al fiinţei, departe.

恐惧是神的哀叹

面对恐惧，不能坐以待毙！
神啊，看它黑压压袭来，似冬日将至时的晚鸦。
我，聆听心中洞穴的低吟，
自知不再洞悉一切；
你，向我吐露了衷肠，却一去不返留我神伤。

真的，从未有人向我做出过承诺，
答应我，将一切与我诉说。
理解，像迷雾中的火焰，
我听得见内心被神奇的力量填满，
像游戏中的我总能被拯救，
哪怕它陌生、凶残，毫无意义可言。

我等候它的到来，

像等候漫长冬日后的春天。
我感觉恐惧莫名袭来，
那是昨夜神在梦中
向我发出的哀叹。

Spaima e un semn că zeul respiră

Dar fă ceva odată cu spaimele astea!
Uită-te, vin în stoluri, Doamne, precum ciorile târzii
în prag de iarnă. Ascult murmurul subteran din mine
şi ştiu un singur lucru şi anume că nu mai
înţeleg nimic,
iar tu, după ce mi te-ai arătat, nu mai vii.

De fapt, nimeni niciodată nu mi-a promis
că voi înţelege ceva. Se pare că înţelegerea e ca un foc
în ceaţă, îmi spun. Şi aud cum uimirea îmi umple
coşul pieptului, de parcă aş fi salvată
din iureşul celui mai atroce joc,

căruia nu-i găsesc un nume, nici scopul

nu mi se arată, deşi îl aştept să vină aşa cum vine
primăvara după o iarnă fără sfârşit şi simt că spaima
apărută ca din senin e un semn că zeul visat
ieri noapte respiră prin mine.

灵魂摆渡者

“向前一步。
记住，你是女人！”
——那男人不停叫嚣，
是发自心底的嚎叫……
他不停呼喊，
像来自隔世的咆哮，
那被遗弃的前世，似甩掉的破旧外套……
呼号，那扬起了尘土的呼号。
火山口有无尽的咆哮，
留下余烬燃烧。

荣耀归于烈火，荣耀归于永劫不复。
荣耀归于我那撕裂般的痛苦，
直至末日。

荣耀归于容我栖身的洞穴，
身处其中，我似迷失的夏娃，姗姗来迟，
我似一条卷曲的蛇，
盘踞在温暖的岩石上。
我活着，
似光明的婴孩，
似痛苦黑暗的私生子。
在通往完美世界的路上——
我成了迷失的高个男孩。

我坐在平缓的山巅：
辨不清自己的性别。
那不停呼号的男人，
终不肯放弃对我的追捕。
没错，我成了猎物。
哦，上帝，
灵魂的摆渡者站在那里，竟与我讨要银币。
回首过往
我用血肉换来一切。
我活着，
闻得见纸张
与黑莓的味道。
像水中遨游的海豚，
奔向一个又一个等待；

这无休止的状态，他们会怎样形容？
我想知道。

我脑中的轰鸣，
找不到源头。
我跨越界限；
把灵魂托付他人。
像瘟神梅什金
所描述的头颅，
虽已砍下，却清楚一切。没错，清楚一切。
不可能吗？
我的世界，
钟声四起，
却万籁俱寂，
终于，有一道门开启。

Pescarul de suflete

„Fă un pas înainte. Adu-ţi aminte
că eşti femeie!" –
ca din gură de şarpe striga
bărbatul acela...
Ca dintr-o altă viaţă
striga. Viaţă lăsată în urmă
cum renunţi la o haină veche...
Ce ţipăt răscoleşte cenuşa.
În craterul ei uruie ceva nesfârşit,
apoi arde mocnit.

Glorie focului. Pierzaniei glorie.
Şi durerii care mă sfâşie
– în vecii vecilor – glorie.

Glorie subteranei în care
stau ca o Evă pierdută, târzie,
aşa cum pe o stâncă încinsă
zace un şarpe încolăcit.
Sunt o fiinţă vie,
un fel de copil al luminii,
un bastard al amarei bezne sunt.
În drum spre ţara desăvârşirii –
un fiu înalt, rătăcit.

Stau pe muchia asta înceată:
nici bărbat, nici femeie.
Bărbatul acela
mă hăituieşte.
Da. Eu sunt vânatul.
Doamne, pescarul de suflete
îmi cere arginţii. Iată-l.
De când mă ştiu,
cu sânge am plătit totul.
Sunt vie.
Miros a hârtie
şi-a coacăze negre.
Ca delfinii în apă,
lunec dintr-o aşteptare în alta;

cum s-o fi numind
nesfârşita?

Uruie, uruie în creierul meu
ceva de negăsit.
Ies de pe o limită;
îmi odihnesc sufletul pe alta.
Precum capul retezat, descris
de pacostea numită Mîşkin,
ştiu totul. Da, totul.
Imposibilul?
Uşă deschisă
într-o tăcere care
mă umple de dangătul
tuturor clopotelor.

帝国

是怎样的恶神在我体内建立了帝国？
哦，昔日的身躯——旧时的战场，
恐怖的军队在相互厮杀，
像悬崖上扭打的兽……

折磨，骇人的折磨。我从废墟中爬起，
不明就里，直到（死去）……
热爱生命吧，像爱它荒谬的向导——
我像被扔错了鸟巢的布谷鸟，无尽等候，反复呼叫。

这个鸟巢有何不同？因它寂静无声？
等候，像被海浪推浮起的蛇？
低吟，咆哮，嘶嚎。死亡，活生生地无处不在。
活着，意味着同样的痛苦折磨。

Regatul

Ce zeitate parşivă şi-a găsit în mine regatul?
Oho, acelaşi trup – străvechea arenă de luptă,
unde armate de spaimă se tot încaieră
precum fiarele pe o coamă abruptă...

Suferinţa-i enormă, spun. Din ruinele ei
m-am ridicat, fără să ştiu pentru ce, până când.
Iubeşte viaţa aşa cum iubeşti ghizii ei fără sens –
îngân ca un cuc, azvârlit într-un cuib străin,
aşteptând.
Dar ce-i de văzut în cuibul acesta? Liniştea?
Aşteptarea, ca un şarpe unduit de valul de sare?
Ce vuiet, ce hohot, ce muget. Moartea e vie, e peste tot.
În mijlocul vieţii – aceeaşi suferinţă mare.

哦，那炉火纯青的痛

我之所有甚多，然而，
没有她我便觉得一切都化作虚无。
——约翰·沃尔夫冈·冯·歌德

哦，那炉火纯青的痛，地狱的笑容，
每次你与上帝对视，
就陷入沉思；
生命之水和果腹的食粮，
不过是沉思众神的踌躇；
生命的河床，灵魂的蒸汽，
或从未尝过的玉液琼浆，
神圣奔向天赋异禀，
泛着露水的生灵，
可惜家园不再。

在这漫长的午后，
你将如何改造我——用一丝饱满的气息。
哦，那不眠不休的痛！
巨大的未知，微风般来袭，
未等我开口，你终于给了我生命。

意志消沉的避难所，从未耳闻，
还有那岛屿，也未曾有人问津，
熟悉的国度，意外的家园，
任何理解的尝试、任何欲望和气息，
不过是苟活的
厚颜无耻的信使，
或是那通往分隔神圣时刻的
终极边界的
生命的蔑视。
那素未谋面的人，
碎在眨眼间的孤独振臂；
那雕刻了路人的双手
唤醒了日夜的微风习习；
那坠入柔和黑暗的天使的泪滴，
那面目全非的玫瑰和嫩绿的叶片；
他从这一切，认出了自己。

O, SUFERINȚĂ, DESĂVÂRȘITO

„Am atât de multe,
și fără ea totul este nimic."
J.W.Goethe

O, suferinţă, desăvârşito, surâs
al adâncurilor, contemplat ori de câte ori
rămâi ochi în ochi cu Dumnezeu;
apă vie, pâine sau nu mai mult decât
o ezitare a zeilor căzuţi pe gânduri;
albie a fiinţei, abur al sufletului, pecete
ori nectar al viului neînceput,
divină alergare spre geniul de a fi,
rouă a unei făpturi, a cărei patrie
nu va fi aici niciodată, dar al acestei

după-amiezi incredibil de încete,
dintr-o respirare ajunsă în zenit –
cum mă reinventezi, nesfârşito!
Boare dinspre marele necunoscut,
fără să-ţi fi cerut, mă naşti, în sfârşit.

Liman nemaivăzut al deznădejdii,
insulă neexplorată, ţară familiară,
nemaisperată patrie, unde orice încercare
de a înţelege, orice dorinţă şi respirare par a fi
nu mai mult decât un mesager al obrăzniciei
de a fi viu încă, ori o sfidare a fiinţei,
care nu-şi doreşte decât să atingă
pentru ultima dată cel din urmă hotar,
care o mai desparte de dumnezeiasca secundă,
când se va recunoaşte în verdele crud al frunzelor,
într-o stingheră bătaie de aripi
a cuiva nevăzut, strivit între pleoape,
în adierea vântului, care sculptează mâinile
unui trecător invocat noapte şi zi,
în lacrima îngerului căzut din bezna de lapte
şi-n trandafirii, de nerecunoscut aproape.

宽恕

献给米哈伊·绍拉

近在咫尺，
你目睹
自己幽灵的洞穴
变成了广袤的猎场。
虽发现
一个又一个宝藏，
却感到
颈上死神的毒牙
更深，也更凶残，
一丝丝笨拙，
似掩藏了些许的温柔。
牙印？

败北的战斗，旌旗破碎，
或许下次，
我们可以玩个无穷的游戏。
你已噤若寒蝉，不是吗？
你低声默念
死神威武，
莫名的高烧，
把上帝从
大树、蝴蝶、青草、馨香中带走。
你疾病缠身，
却找不出病因，
直到，主啊，
一场大雪，
狂野而庄严地
从天而降，
你像置身另一个世界……

Dezlegarea

Se dedică lui Mihai Şora

Cu sufletul la gură ai urmărit
cum cineva ţi-a transformat
subteranele duhului în mari
terenuri de vânătoare.
Pe măsură ce găseai acolo
o mină de aur lângă alta,
simţeai colţii morţii
înfigându-ţi-se în grumaz
tot mai adânc, tot mai sălbatic,
cu o subtilă tandreţe
ascunsă ca o stângăcie parcă.
Marginea? Un steag zdrenţuit

într-o luptă pierdută,
poate un alt joc
de-a nemărginirea.
Cum să nu te cutremuri?
Moartea e mare,
tot repetai, de o stranie
febră cuprins,
smulgând zeul din arbori,
fluturi, iarbă, miresme,
încolțit de o boală
căreia nu i-ai găsit nume
până când, Doamne,
ca dintr-o altă lume,
nebunește,
sublim a nins
și-a tot nins...

神圣游戏

很久以前，正义就碎了一地。
我们驼着背、躬着身，像只海豚，
扛着沉重的空气和生命的乐趣——
这是特尔斐[①]巨人从未想过的上帝
发出的可怕征兆。

面对各种蒙尘的古老形状，
我选择了圆。
又或者，是圆选择了我们，用它自己的理由。
在永无止境的圣洁游戏中，在神奇的钟乳石中间，
我们追逐、造梦。

我们孤独地奔跑、飘荡，
更加美丽、更加强大，

但我们似与真理、正义越来越远，
真理、正义由岩石打造，
散落在贝壳、水藻、石子及遗返荒野的神像中间。

① 译者注：特尔斐，希腊古都。

Joc divin

Dreptatea s-a împărţit de mult.
Ducem pe spinările noastre de tandri delfini,
curbate, aerul greu, bucuria de-a fi –
teribil suspin al zeului nevisat
de uriaşii din Delphi.

Dintre formele vechi, prăfuite,
am ales cercul. Ba chiar cercul însuşi
ne-a ales din pricini numai de el intuite.
Alergam, visam ca într-un joc divin,
fără sfârşit, dictat de stalactite.

Din ce în ce mai singuri alergam,
pluteam mai puternici şi mai frumoşi, se pare,

departe de adevăr, dreptate, dintr-o vie
stâncă cioplişi printre scoici, alge, pietre
ori coloşi repatriaţi în stihie.

魔法

是谁的痛苦
筑巢般郁积我心，
不肯离去
亦不愿停留？

是哪位神灵，疾呼痛苦，
让它穿过我的身体，
是疾驰的战马，
还是可怕的丽人？

是哪般轰鸣
在缠绕、呼啸，
在成长、争斗，
像生死关头的鸟？

DESCÂNTEC

A cui suferinţă
şi-a făcut cuib în mine
şi nu vrea să plece,
nici să rămână?

Ce zeitate durerea
prin trupul meu şi-o strigă,
frumuseţe teribilă,
înfrigurată cvadrigă?

Ce vuiet se învolbură,
uruie, creşte, se zbate,
ca pasărea prinsă
între viaţă şi moarte?

如一只硕大天使

闭嘴。别再喊叫。
反正没人听得到。
努力，振作起来，
像落叶中的深秋，像祷告者的手。
记住：身体不过是残留的记忆，
是世界童年涌动溪流的
宝贵印记，
只是，你或许从不知晓。

焚烧你的地狱，遥不可及。
你只需迈出第一步，
就可踏上这世界屋脊。
张开双臂，深呼吸，
像水域中狭长陆地般努力。

“到时间了”，喇嘛提醒你，
像有翅膀的硕大天使，触碰你，
在寺庙门口，告诉你：期限已到。

Ca un înger prea mare

Oprește-te. Nu mai striga.
Oricum, nu te aude nimeni.
Fă un efort și adună-te, ca toamna
târzie în frunze, ca mâinile – în rugăciune.
Ține minte: trupul nu-i decât amintire,
incredibilă amprentă a cuiva,
regăsit în matca vie a copilăriei lumii,
despre care nu se știe dacă vei afla vreodată ceva.

Iadul care scrum te-a făcut e departe.
Nu e nevoie decât să faci primul pas
pe acest platou monoton, numit Acoperiș al Lumii.
Desfă larg brațele. Trage aer în piept
și respiră ca un pământ între ape.

„A venit timpul”, spune călugărul tibetan,
atingându-te, ca un înger prea mare cu aripa,
la intrarea în templu. Ora ta se apropie.

波尔菲里·彼得罗维奇[①]的教训

是的，我已尽善尽美：
像被常青藤环绕。
哦，这是怎样的喧嚣，怎样的热闹！
上帝，你把我拖出地狱的魔爪。
我似废墟中的枭，
守着躯壳，喘息了片刻。
最后，我闪电般奔跑，
远离了躯壳。
我把五湖四海甩在身后，
不停、不停地奔跑。

我把躯壳也甩在身后，
是它，滋养了哀恸；

像蛀虫肆虐、清风翻阅、花草饱读的鸿篇巨制中，
我对它的犒赏和赞颂……
它是无辜的小羊，做好了准备。一只呆若木鸡的小羊。
是的，那躯壳——像一只豚鼠
漂泊在血河上。
我已脱离它，像脱掉一件外套，
脱离我的过往和曾经。
我将自己抽离那土地，
那遥远陌生世界
怪异的锚。
是的，那躯壳——像一道裂缝，
我曾如海豚跃入其中。
我那已掷入火中的日程上，
记载着同一副躯壳——
却越来越陌生。

我接受痛苦。
接受折磨和死亡，
毁灭和陷阱。
而后，我便溜之大吉。
我接受地狱和疾病，
接受终极的喧嚣。

几百年来，
我一直俯伏在神坛前。
从上次投胎，
距今已多年。

是的，黑暗令我屈服。
荣耀啊荣耀，归于你，我的上帝。
我飞奔而去。
奔跑着，卷起尘土：
我——成了麻烦、灾难，
外敌、逃犯和异乡客。
我径直奔跑，不知身在何处。
可我的目的地，它也在奔跑，
静默中棵棵古树
退出了黑暗的区域。
我聆听和追随的是谁的节奏？
是什么清规戒律分泌甘露在我的肉体？
紧靠着我的罗威纳犬，
我心中默数：炼狱中我的伙伴，
我那吞食了番红花的朋友。
瞬息间，
我们触碰到天。

我接受了
生命的
圣灵。
阿门。
就此终结。

① 译者注：波尔菲里·彼得罗维奇，陀思妥耶夫斯基《罪与罚》中的警探。

Lecția lui Porfiri Petrovici

Basta. Am atins desăvârşirea:
locuiesc într-o sferă de iederă.
O, ce forfotă, ce vacarm de pomină e aici!
M-ai smuls din mâna iadului, Doamne.
Ca o bufniță printre dărâmături,
pe marginea trupului am respirat un timp.
În sfârşit, am dat bir cu fugiții.
Sunt departe de trup.
Peste şapte mări, şapte țări sunt.
Şi fug. Şi tot fug.

Am lăsat trupul în urmă.
El îngraşă durerea; eu o alint

şi o laud în tratate savante, roase
de acarieni, citite de vânt, exotice plante...
El e mielul crud, pregătit. Mielul prostit.

Da. Trupul – cobaiul, navigând
prin râuri de sânge.
M-am dezbrăcat de trup,
de trecut – ca de o haină.
M-am rupt de ceea ce-mi era pământ,
stranie ancoră într-o lume
rămasă străină, departe.
Da. Trupul – un abis în care alte dăţi
mă aruncam ca delfinii.
Pe ordinea de zi
aruncată pe foc: acelaşi trup –
mai străin ca străinii.

Am spus da suferinţei.
Şi torturii şi morţii şi subteranei
şi pierzaniei da am spus.
Şi-am luat-o la sănătoasa.
Am spus da infernului, bolii,
vacarmului ei desăvârşit.

De secole mă prosternez
în faţa altarelor ei.
Demult nu m-am născut
din altceva.

Da. Întunericul m-a învins.
Slavă, slavă, slavă, Doamne,
spun în gura mare.
Şi fug mâncând pământul:
eu – pacostea, catastrofa,
venetica, proscrisa, străina.
Fug, neştiind încotro.
Ţinta e fuga însăşi;
fuga şi tăcerea urnind
antice plante din blocuri de antracit.
Ritmul cui îl urmez, îl ascult?
Ce lege-şi secretă nectarul în mine?

Mă lipesc de rottweilerul meu,
Conte: însoţitorul meu prin infern,
prietenul care-mi paşte brânduşele.
O respirare cât o silabă
şi vom atinge cerul.

Am spus da

Duhului Sfânt

al Vieţii.

Amin.

Punct.

万籁俱寂

疾风骤雨，
瞬间扼杀了热气；
我要为之喝彩。
万籁俱寂，莫名终结。
日复一日，一切不过如此：
生命，遥远至极，
无法瞬间抵达。

而究竟，此为何地？
你不停思忖，不停坠落；
豁然，你视野清晰、开阔：
明媚夏天，天高云淡，
你的手，像手的家园。
缓缓下落，你发现路就是你自己，
或是那个被岁月久久遗忘的人……

TOTUL E LINIȘTIT

Ploaia a fost scurtă, ca o rafală,
și a ucis arșița dintr-o singură mișcare;
era să zic dintr-un foc. Totul e liniștit
și oarecum terminat. Să trăiești zi de zi
și tot ce se întâmplă să numești simplu:
viață, în timp ce viața e departe de tot,
undeva unde nu se ajunge cât ai clipi.

Dar unde anume? te tot întrebi și cobori
în tine din ce în ce mai adânc;
și începi să vezi totul cu o altfel de limpezime:
cerul înalt, cristalin, ziua de vară, mâinile tale
ca niște popoare de mâini. Cobori tot mai încet
până recunoști drumul care ești tu însuți
sau cineva uitat de veacuri, care...

挽歌

周遭，夏日褪去，像在梦中。
你眼里的世界，也一起莫名消散。
你凝视镜中的自己，聆听哼唱的自己：
早已物是人非，物是人非。
一切变得陌生、迷茫、遥远。
没有人在身边，却分明有动静；
看不清是什么，却似翅膀飘动，
与你轻柔地擦肩。
没有人在身边，你不断告诉自己，渺无人迹。
但为何空气中弥漫着
沉重和艰难的气息？
黑暗，愈发狂野；
俄顷，将掩盖一切；
它已经筑巢，在手心和圣像，

在沙漏和眼中。

你与天空之间，只隔着一个音节，
那是死亡语言中被遗忘了的动词。
没什么大不了，你只需等候，不过是黑夜。
你房间里是什么如此难懂，
让你想到那个前世的自己；
一切陌生，离开生命的躯壳，
离开，远去。
白昼愈短，顺其自然。
片刻愈长，夜晚的氤氲越强，
而生命，却散落成心脏、眼睛和呼吸。
是谁的脸，在聚集突然出现力量？

Elegie

Vara se stinge ca-n vis pretutindeni.
Simţi că ceva ţi s-a stins în privire.
Te uiţi în oglindă şi te-asculţi îngânând:
eu nu mai sunt eu, eu nu mai sunt.
Totu-i străin, pierdut şi departe.
Nu-i nimeni şi, totuşi, tresare ceva;
ceva nevăzut ca o aripă pluteşte parcă,
te-atinge uşor în treacăt.
Nu-i nimeni, repeţi, chiar nimeni.
Şi-atunci, de ce văzduhul se umple
de ceva imposibil şi greu?
Întunericul crește năucitor;
în curând va fi peste tot;
şi-a făcut cuib în mâini, icoane,

clepsidră şi-n ochi.

De cer te desparte o silabă
dintr-un verb uitat, dintr-o limbă moartă.
Nu-i nimic. Aşteaptă. E noapte.
Camera ta se umple de ceva obscur
ce-ţi aminteşte de cel care-ai fost
într-o altă viaţă, poate; totul e străin, rămas
la suprafaţa fiinţei, departe, atât de departe.
Zilele scad, uluitor, ca la carte.
Secundele cresc, parfumul nopţii e tare
şi fiinţa – redusă la inimă, ochi, respirare.
Faţa cui se adună şi, brusc, se arată?

笔走龙蛇

致米哈伊·维奥古勒斯库博士

如此宁静，
我如在另一个世界苏醒。
但或许昨晚，
我已被人改变了生命。
暴风骤雨，远隔千里。
我站在房门口，
那里空气充盈。
翅膀大力挥动，
似无名大师下笔风雷，
落日追电。

如此宁静，

我听见时光坠落之声，
斑斓的色彩缠绕其中——
似一团又一团的甘露。
万丈光芒
照进我的灵魂。
传奇、记忆、战争
像一部巨著，翻阅人生。
一切尘埃落定，
莫名攀上了巅峰。
玫瑰不再风中战栗，
似幻似梦，
窃窃私语，
诉说同样神圣的墓志铭：
玫瑰——矛盾的生灵；
愿无人
在众目睽睽下沉睡。

如此宁静，
你听得见世界重现，
一切从石花的呼吸开始，
似往世或来生。
飞马推拉着，
将马驹赶下了水。

CALIGRAFII

Domnului doctor Mihai Vioculescu

E-atâta linişte, de parcă
m-aş fi trezit în altă lume.
Dar, poate, peste noapte,
fiinţa mi-a schimbat-o cineva.
Furtunile-s departe.
În pragul casei stau
şi aerul e tot mai împlinit.
Bătăi de aripi se-nteţesc,
când anonimul caligraf
pictează fulgere la asfinţit.

E-atâta linişte, încât aud

căzând secundele,
în care se răsucesc culorile –
globi de nectar.
Noiane de lumină
în suflet se aştern.
Legende, amintiri, războaie
ne răsfoiesc ca pe o carte.
Totul devine încheiat şi
oarecum ajuns în vârf,
când rozele abia tresar
în adierea nu se ştie cui
ce-ngână ca în vis
acelaşi epitaf divin:
„Roze – pură contradicţie;
somnul nimănui să fii
sub atâtea pleoape”.

E-atâta linişte, încât asculţi
ca dintr-o altă viaţă
cum se reface lumea
din respirarea florilor de piatră.
Împungând cu botul,
pegaşii mână mânjii să-i adape.

心啊，如此笨拙

夜晚降临。
我的灵魂被沉静和悲恸湮没，
出现一丝光：
似盲人，我们黑暗中摸索前行，
间或在火堆中间找寻灵魂。
而这是个有根的故事，
可以追溯到亚加亚人[①]的过去。
他们那时就已知道，
人生如生命的躯干，
历经挤压，像深秋葡萄的甘露。

人生是上帝存在的证明。
身体的血液，
了解我那无法用心体会的一切，

那深锁生命轮回
的寂寞之人，
像躁动的异教——
我们绝望的帐篷，根在神话中流动。
人生是上帝的庇佑；是的，人生是生命的巢，
是微笑世界的传动轴。
人生是虚无的边界，
那一边已经落雪；哦，好大的雪！

“今夜的心呀，如此笨拙，
俯伏着，像只神兽”，我的邪神说。
它呼吸急促，
气息填满它青草或岩石的胸膛。

① 译者注：亚加亚人，麦迪尼文明时期主要的希腊部落中的一个。

Ce stângăcie a inimii

Şi s-a făcut seară. Şi-n sufletul meu
de linişte şi de o mare tristeţe cuprins
lumină s-a făcut: înţelegerea noastră e
ca orbul care bâjbâie prin întunericul său
şi din când în când îşi caută sufletul pe ruguri.
Dar aceasta e o poveste cu rădăcinile
înfipte în trecutul aheu, când se ştia
că viul e un fel de trunchi al fiinţei
strânse în sine însăşi, ca nectarul,
toamna târziu, în struguri.

Viul e semn al prezenţei zeului.
La mijloc e sângele care a înţeles
ceea ce n-am fost în stare să pricep

cu mintea mea de om singur, închis
în cercul sălbatic al vieţii, ca-ntr-un eres
ce-aprinde patima – cort al deznădejdii
noastre, cu rădăcina scursă în mit.
Viul e un culcuş al zeului; da, viul e cuib
al fiinţei, osie a lumii însemnate de un surâs.
Viul e limită a nefiinţei în care
cineva a nins; ah, cum a nins.

– Ce stângăcie a inimii această noapte,
căzută în bot ca un animal dumnezeiesc,
spune daimonul meu şi trage aer
în pieptul său de iarbă sau de granit.

光明圣歌

致米尔恰·菲利普博士

哦，上帝，在你的光明下，我该如何生活，
如果它如斧头般击中我？
世界好似膨胀了千倍，
你成了蜜蜂或花朵，
转瞬，又变成了梅什金公爵[①]。
这般狂野又狂野的色彩，
谁人有气力忍受？

像高尚的梅什金一般，
突然间，我彻底了解了你的花园。
清晨它灼伤了我的眼，又将我化成灰烬。
色彩与线条、声音与玫瑰，挖掘出意想不到的复苏图案，蔓延成旋转的美妙世界。
无法呼吸，源于最原始的恐惧，
有些人站起身、踮起了脚尖。

哦，上帝，在您的光明下，我该如何生活？

① 译者注：梅什金公爵，陀思妥耶夫斯基的长篇小说《白痴》的主人公。

Psalmul luminii

Domnului doctor Mircea Filip

Cum să trăiesc, Doamne, cu lumina ta,
lovind întreaga-mi ființă ca o secure?
E ca și cum lumea s-ar înmii deodată
și-ai vedea ca florile sau ca albinele.
Ca prințul Mîșkin brusc ai vedea.
Culorile astea nebune, nebune,
cine ar avea suflet să le îndure?

Ca Mîșkin sublimul, am aflat brusc totul
despre grădina ta. Dimineața ochii mi-i pârjolea,
praf și pulbere mă făcea. Culori, linii, sunete,
roze scurmând un tipar subit renăscut,

din care o lume de necrezut se-nvolbura.
Abia respirând, din spaimele-mi vechi
cineva pe vârful picioruşelor se înălţa.

Cum să trăiesc, Doamne, cu lumina ta?

哦，清晨，纯属意外！

献给我的朋友——尼古拉耶·布雷班
纪念一起狩猎的时光

哦，清晨，纯属意外——
生命的居所，全速完工！
这疯狂的匆忙，呼吸急促，
在你我之间，往来穿梭。
世间万物，化作此时此刻；
是的，万物超越了本质，
已无法衡量。
你侧耳聆听，洞穴中血流汩汩；
鲜血洞悉一切。
没错，它第一个知晓、说话，又第一个保持安静。
我成了它的见证，和月亮一样——

那不得见的呼号，
与我擦肩，戴着口套。

它是明证、召唤、讯号。它沉默无语。
以它为中心，一切开始，一切降临。
色彩——伊甸园的标记——在雕塑上跳动。
世间万物成了一首歌、一条界，一份成就、一个幻影，
在山脊等待，
而后又是新的歌曲、新的边界，
和更大的孤独，
它滋养万物，又借助它们实现自我。
它们跳动的脉搏里，隐藏一丝陌生，
是它在夜晚撑起了
点缀着神圣木梨的天际——
那孤独、纯粹、充实之人的
轨迹。

O, DIMINEAȚĂ, PURĂ ÎNTÂMPLARE

Prietenului meu – Nicolae Breban,
cu care mi-ar fi plăcut să vânez lei

O, dimineață, pură întâmplare –
casă a ființei, pinten spre desăvârșire!
Și această alergare bezmetică,
cu sufletul la gură, între tine și mine.
Totul pentru a fi aici, acum;
da, totul pentru a fi dincolo de fire,
dincolo de orice măsură,
cu urechea ciulită la sângele
bolborosind în subterane; sângele știe totul.
Oho, el, primul, a înțeles, a vorbit, a tăcut.
Martor sunt eu. Martoră e luna –

hohot al nevăzutului, care
m-a atins, în treacăt, cu botul.

E un semn, un mesaj, o chemare. Linişte.
În matriţa ei: un început. A venit vremea.
Culorile – pecete a edenului – zvâcnesc în statui.
Totul e cântec, limită, împlinire, stihie,
aşteptare pe coama ei, apoi – iarăşi limită,
cântec şi o singurătate mai mare
ce le hrăneşte pe toate,
desăvârşindu-se în lucruri.
În adâncul lor pulsează ceva obscur,
care serile mai ales sprijină cerul
adunat în aceste divine gutui –
orbite ale cuiva mai singur,
mai pur şi prea plin ca acum să fie.

仲夏时分的酷暑

仲夏时分的酷暑，
坍塌成无名的夜晚，
在乡间路上呢喃——神圣的手——
将果园分成两半，
让误入歧途的你重整旗鼓……

当你的身体攒足耐心，
适应了那件崭新的外套，
哦，主啊，
你让内心充满生机勃勃的力量，
在某个遥远的地方惊觉、呻吟，聚集、吸引，

像暴风雨中的闪电，
像甘露中无瑕的精华，

像圣血中洞悉一切的生灵，
像从圣像火苗带给我们圣人的仙气，
像把约翰点拨成圣徒的

不明征兆，
让他第一个认出耶稣，
像杰利科[1]城门口下达给巴底买[2]的命令：
“振作！站起来！
神在召唤你！勇敢地朝他走过去！”

---

① 译者注：杰利科，巴勒斯坦乡村。
② 译者注：巴底买，圣经中出现的盲人，后被耶稣在杰利科附近治愈了双眼。

Oră încinsă

Oră încinsă, de miez de vară, prăbușită
în noapte și-n murmurul nu se știe cui,
pe un drum de țară – mână divină –
care taie în două livada și te face
să te aduni dintr-o viață devenită străină...

Așa cum trupul, oho, are timp și răbdare
să se obișnuiască cu o haină nouă,
tu te lași locuit de ceva neobișnuit
și atât de viu, Doamne, adânc îngropat
înlăuntru, tresărind și gemând undeva

departe, strâns, adunat, ca fulgerele în stihii,
ca esența nevătămată – în nectar,

ca ființa care știe totul – în sângele sfânt,
ca aburul care aduce sfinții dintre ramele
icoanelor printre noi, ca semnul nedefinit,

ce-l face pe Sfântul Ioan Botezătorul
să-l recunoască – primul – pe Iisus,
ca porunca dată la ieșirea din Ierihon
orbului Bartimeu: „Îndrăznește, ridică-te,
căci te cheamă, apropie-te, fii!”

美丽，灵魂的锚

我还看到一个民族在痛苦地哭泣，
缄默地走在圆形山谷里，
那些生者组成的队伍在缓慢挪动。
——但丁 · 阿利基耶里

有多少鲜血，就有多少信念；
有多少信念，就有多少诗意，
他，喃喃自语，似在梦游，
而后消失不见，留下身后的天际。
像童话故事中的英雄少年，
勇敢地奔赴遥远沙场，
沿途留下记号，
即便命运之神预言了深夜的到来，
他们也能寻踪归返。

美丽，是灵魂的锚，
他喃喃自语，像迷失的孩子。
美丽，是区隔世界的空气，
我们张着嘴，周围环绕，
像封臣，刚醒来就与他起了争执；
捍卫初心，我们无法与他妥协，
彼此间小心示意，将他视作儿戏，
“这世界，究竟会怎样？”
“这世界？不过是个幽灵，”
他一边回答，一边披好斗篷。
“是的，这世界像围绕着我们的古老图案，
像天空包裹着云朵，
像森林包容我高祖母的那棵歪脖橡树，
还有大海和海中的
——海豚——
它预示着天使不再是传说，
宇宙不再是传奇，
居所也不再那么重要。”

“那我们呢？我们会怎样？”
众人聚在周围，窃笑，
努力把那没用的疯子赶去角落——
没有他，他们又感觉自己无法存活。
“那我们呢？我们又会怎样？

妄想的后裔，
掌控那可见与不可见的一切，
不再区分生死，
就擅自侵入
你误以为的真实，
一点点将其击败，
尤其当一切
沦为荒漠。”

“大家什么都不懂。”
茫然人群中，一位智者轻声说。
但那疯子却继续咆哮：
“神，是现存的规律，
是世界童年的记忆。”
那水井——是即将转世投胎的
寂寞之人的轨迹。
青草，预示着
我们总能成为花茎、仙鹤和矮牵牛，
成为火舌或可怕天使的手指，
天使记得，曾几何时
蝉，只在睡梦中啾鸣。
我们是别人的歌，
他不想醒来，
几世纪来一直在歌唱，
一直在祷告，哪怕是在梦中。

Frumusețea, ancoră a sufletului

„Și-un neam văzui, plângând cu-amărăciune,
şi-umbla-n tăcere prin rotunda vale,
şi-ncet cum merg cei vii în procesiune.”
Dante Alighieri

Cât sânge – atâta credinţă;
câtă credinţă – atâta poezie,
bolborosea el, somnambulul,
apoi dispărea, lăsând cerul în urmă,
aşa cum voinicii din basme,
plecând să lupte în lumea de dincolo,
aveau grijă să lase semne pretutindeni,
ca să recunoască drumul la întoarcere,
cum le-au prezis, târziu de tot, Parcele.

Frumuseţea e o ancoră a sufletului,
murmura el, fiul rătăcitor. Frumuseţea
e aerul dintre lumi. Noi, adunaţi gură-cască
în jurul lui de cum ne trezeam
– vasali ai obişnuinţelor – îl contraziceam;
apărându-ne vechea fire, nu-i dădeam dreptate,
ne făceam discret semne şi-l tot tachinam:
– Şi lumea ce este, ce poate fi?
– Lumea? Nu mai mult decât o nălucă,
zicea el, strângându-şi mantia pe trunchi;
da, lumea e un soi de tipar străvechi
care ne cuprinde, aşa cum cerul cuprinde norii,
cum pădurea conţine stejarul asimetric
al străbunicii mele, iar marea
– delfinii – semne că heruvimii
sunt mai mult decât o poveste,
iar planetele – mai mult decât o mirare,
şi casele – mai puţin decât pare.

– Şi noi, noi ce putem fi?
se înghesuia mulţimea, chicotind
şi-ncercând să-l pună pe acel zănatic inutil –
fără care simţeau că nu pot trăi – la zid.
– Noi? Ce să fim? Copii ai himerelor

care au pus stăpânire
peste văzutele și nevăzutele toate,
nu mai fac diferența dintre viață și moarte
și-au invadat ceea ce numiți voi
oarecum stângaci *realitate*,
învingând-o puțin câte puțin,
mai cu seamă când totul se transformă
într-un deșert desăvârșit.

– Nu mai înțelege nimeni nimic,
șoptea cineva mai isteț din mulțimea
contrariată. Iar zănaticul era de neoprit:
– Zeii sunt tipare vii, amintiri
ale copilăriei lumii.
Fântânile – orbite ale cuiva prea singur
ca să se nască în altă formă.
Iarba e un semn că oricând putem
deveni tije de flori, cocori, petunii,
limbi de foc ori degete ale unor îngeri teribili,
care își aduc aminte din timp în timp
că cicadele cântă numai în somn.
Suntem un cântec al nu se știe cui
care nu vrea să fie trezit
și cântă de veacuri,
și se roagă dormind.

秋日已来

夜幕降临，匍匐到来，像只受伤的兽。
秋日已近，我缩成团，满心期待。
不再清楚我的过往
或我可能的将来，
上帝啊，当我苏醒，我会拥有何种梦境、故事和人生。
如果在同一天，在同一个房间，

周遭满是书籍、祷告和简朴的铅笔，
我喃喃细诉世间的种种，
周遭满是书信、呻吟、神像、星球和花朵，
还有无法理解的语言。
我伫立一边，等待改变，发现一切变得简单。

待我明白死神并不存在，
永恒的迟暮，为时已晚，
我的兄弟——我最亲的人——从此不再出现。
此时此刻，秋日飘落天空。
是的，秋日落满四处；而我还活着。

我必须等待。
某人，某时，定会出现，带我离开此地。
恍如隔世，上帝给了我们怎样可怕的秋日。
心如明镜，知晓一切，
告诉该知道的消息给该知道的人，
他们前世是空气、记忆、彩虹和青铜鸟。

A venit toamna

Noapte căzută în bot, ca un animal frânt.
A venit toamna. În mine abrupt mă strâng
şi aştept. Nu mai ştiu când am fost
şi dacă voi mai fi, Doamne, vreodată,
în ce vis, în ce viaţă, poveste mă voi trezi,
în aceeaşi cameră, în aceeaşi zi,

printre cărţi, rugăciuni şi creioane simple,
murmurând nu se ştie ce despre câte în lună
şi-n stele, printre litere, icnete, icoane, planete, flori
şi cuvinte abia pricepute. Totul devine aproape
simplu
când aştept pe muchia lor ceva să se întâmple.

Când am înţeles că moartea nu există,
s-a făcut târziu în târziul de totdeauna,
iar fratele meu – aproapele – n-a mai venit.
Între timp, s-a făcut toamnă şi-n cer.
Da, e toamnă peste tot; şi eu n-am mai murit.

Important e s-aştept. Cineva, cândva va veni
să mă ia de aici. Ca dintr-o altă lume,
ce toamnă teribilă a făcut pentru noi Dumnezeu.
Inima ştie totul, da, totul, şi spune ce găseşte
de cuviinţă să ştie doar celor care pe vremuri au fost
păsări cioplite în bronz, văzduh, amintiri, curcubeu.

神迷的历史

我伫立敞开的窗前，
畅想我那难以置信的人生，
仿佛它是陌生的异端。
在那神迷的历史
——有着数学般精准的历史——
我的躯壳啊，我把它留在了身后，
像一棵掉光了叶子的树，
从飞驰的车窗飞速后退；
是的，山顶那棵孤独的树，
像我儿时听过的故事，
本已消失了的记忆——突然间——狂野地爬出，
爬出自然的水面，
像我父亲的死一样无法描述。

此时是秋日，一切圆满而丰富。
锈迹、死神和金子，已在枝叶间筑巢。
一切，近似终结。永恒。
多么汹涌的午后！抵达巅峰的光明，准备好迎接死亡。
颓废的天使从天而降，
仿佛来自不知名的神话，
有众神、过往、精准与之相伴，
还有迷雾、家园和不可撼动的安宁。

活着，像迁徙的鸟，
作别一切；
是的，燃烧——像凤凰涅槃——毫无保留，
将你碰触过的一切变成火种和光明，
我颤抖着说。没错，浑身颤抖。
（一切陷入沉思的狂喜；
疾病、花园、玫瑰、痛苦、陷落、边界，
沙漠、可怕的残疾——一切和谐。）
我热切思念
我那难以置信的人生，
上帝，而你，却用你那无所不在的手，
精准而温柔地将死亡置于我面前。

O ISTORIE EXTATICĂ

Stau în fața geamului larg deschis
și mi se face dor de incredibila
mea viață ca de un straniu eres.
În acea istorie extatică
– de o exactitate matematică –
trupul, oho, a rămas undeva în urmă,
ca un arbore fără frunze, zărit
în goana mașinii; da, un arbore singuratic,
pe coama dealului, ca o poveste
știută din copilărie, uitată cu totul
și – ca din senin – urcând violent
la suprafața firii, ca moartea
Tatălui meu, de neînțeles.

E toamnă. Totul pare rotund, împlinit.
Rugina, moartea şi aurul şi-au făcut cuib în frunze.
Totul pare sfârşit. Definitiv. Şi ce uriaşă-i amiaza!
Lumina ajunsă în vârf pentru moarte s-a pregătit.
Îngeri răscopţi cad din cer, de parcă
s-ar aduna dintr-un mit cunoscut pe jumătate
sau nici atât, laolaltă cu zeii, trecutul, precizia,
aburul, patria şi seninătatea lor de neclintit.

Să trăieşti ca păsările migratoare,
ca şi cum ţi-ai lua rămas-bun de la toate;
da, să arzi – ca păsările – până la capăt şi
să transformi în lumină şi flacără tot ce atingi,
spun. Şi tremur. Da, tremur.
(Materie cuprinsă de un extaz căzut pe gânduri;
boală, grădină, roze, suferinţă, cădere, limită,
deşert, handicap atroce – tărâm al devenirii.)
Şi mi se face un dor teribil,
Doamne, de incredibila mea viaţă,
în care mâna Ta uriaşă, exact şi blând,
îmi aducea moartea în faţă.

轨迹

一切成熟，甚至过了头，
莫名到了巅峰。
最终，我学会从瞬息万变中
选择永恒，
似你从谷糠中筛出小麦，
似肉从骨上脱落、骨骼脱离骨髓，
似士兵将武器割舍。
秋意渐浓。
午夜，思绪难断。海平面吸吮大海。

帮我起个名字，给自尊和岩石，
或那托着太阳初升的眼，像神话中的众神。
帮我起个名字，
给那用陶土雕塑了男人、

用肋骨塑造了女人的神，
是他让女人渴求那无名的居所。
帮我起个名字给谦卑，
它让世界兴复，
让我学会忍受刺眼强光。

我等待，一如往常。
等待，秋日的芬芳，午夜后沉静，
午夜后，翅膀振动、星空旋转、色彩斑斓，
眼神和玫瑰丛，
拉列斯[①]和更警觉的山峰，
将我推向
那未知的神明的轨迹——
远古的
异端的陌生。

① 译者注：拉列斯，罗马神话中的家庭守护神。

Orbita zeului

Totul era copt și-atât de târziu,
oarecum ajuns pe culme.
În sfârșit, învățasem să aleg eternitatea
din fiecare de lucrurile trecătoare
cum se alege grâul de neghină,
carnea se desprinde de os, osul –
de măduvă, iar soldatul – de armă.
E toamnă dată în pârg. Miez de noapte,
miez de gând. Orizontul se-adapă din mare.

Dați-mi un nume pentru orgoliul, piatra
sau ochiul, din care a răsărit pentru prima dată
soarele, ca zeii din mit. Dați-mi un nume
pentru cel care a cioplit omul din lut,

iar femeia – din coasta-i melodioasă,
dându-i dorul de acea – obscură – casă.
Daţi-mi un nume pentru smerenia,
care renaşte lumea şi mă învaţă să sufăr
această lumină uriaşă, tăioasă.

Ca de obicei, aştept. Aştept miresmele
toamnei în mine să se aşeze
seara târziu, când aripi bat şi răscolesc
văzduhul, culorile – aerul ochilor, rozele,
larii, vârfurile tot mai treze,
care mă mână spre orbita
zeului necunoscut –
străinătate eretică,
de început.

火的孩子

上帝，我多么希望
从死神那里爬到你身旁！
我颤抖、燃烧、死亡，
又瞬间重生，莫名回到儿时的生命，
似你从深水中跃起，
挣扎着
抓住救命绳索。
一切如故，
——是的，一如往世——
那时，海离我很近、很近：
海的味道征服了我，穿过我肉体和灵魂，
从内心深处搅扰我，
像早春的犁，在我心头划了一道又一道，
划出越来越大、越来越深的一片。

时光流转，
迟暮达了极限，
我发现，在历史的长河里，我算不上一个目标。
曾有他人存在，我一度唤他陌客，
唤他火的孩子或蛮族……
在这疯狂的游戏中，
我不过是个工具，
哦，上帝，我越来越不懂，
或许，我根本不需要懂；
毕竟，一切都近乎陌生。
我，只需保持纯洁，只需等待。
我在内心沉淀，越来越深，不疑有他。
我把自己完全托付给那无名的神秘涡流。
远方——在那熟悉的深渊——
我聆听自己的血流。
我盲从指令，虽不知它来自何方神圣，
直到最后，当我不再是我，
直到最后，当我化作尘土；
后来，有人把尘土拢在一起，
塑成蜡烛、泥土、避难所，
又或是更加宏伟、强大的宝座、圣殿，
它们也会对我发号施令，
只是这次，我果断不理，

——在冰冷的光里——
远离善恶，
远离世间的一切，
在那里，有火的孩子相伴，
我苟且活着。

COPILUL DE FOC

Atât de mult, Doamne, îmi doream
din moarte să ajung la mine!
Fremătam, ardeam de tot, muream şi-nviam
cât ai clipi, căzând fără pricină în felul acela
copilăros de a fi, aşa cum – irumpt
din adâncurile apelor – te prinzi
cu sufletul la gură de colacul de salvare.
Totul era exact ca pe vremuri
– da, într-o altă viaţă – când simţeam
din ce în ce mai aproape marea:
mirosurile ei mă subjugau, îmi cutreierau firea,
răscolind-o în profunzime, aşa cum plugul
răstoarnă primăvara devreme o brazdă
de pământ peste alta, mai neagră, mai mare.

Când s-a făcut târziu de tot, când târziul
părea că şi-a atins ultima limită, am înţeles
că în toată această istorie nu eu sunt scopul,
nici ţinta. Altceva e la mijloc, numit cândva
de mine străinul, copilul de foc, păgânul...
Eu nu sunt decât un instrument
în tot acest joc nebunesc, din care, Doamne,
pricep din ce în ce mai puţin şi, poate,
nici nu trebuie să pricep;
căci totul e departe de înţelegere.
Eu nu trebuie decât să rămân curat şi s-aştept.
Să cobor în mine tot mai adânc şi să nu întreb nimic.
Să mă încred de tot acelui mistic vârtej fără nume.
Acolo, departe – în abisul lăuntric –
sângele să-l ascult. Să urmez orbeşte
cuvintele cu care mă aleg nu se ştie de unde
până eu nu mai sunt eu, până din tot ce sunt
praful şi pulberea se alege;
apoi, din tot ce rămâne cineva începe să închege
un soi de leagăn, pământ, liman, poate tron
sau altar pentru ceva mai mare şi mai puternic,
care-mi aduce alte şi alte cuvinte,
transcrise de mine pe curat

– într-o lumină rece, exactă –
departe de rău şi de bine,
departe de tot ce e la suprafaţă,
unde sunt ţinută de acel
copil de foc în viaţă.

我要如何承受?

我要如何承受?
我大喊，却没人听到。
我想起喷泉，
那汲取了大海的元气、鱼类和盐分
及海浪和深渊的喷泉。

我寻找影子，
想证明自己的存在，
却只看到闪亮的光，
及嬉笑怒骂、花团锦簇中
一位孤独忧伤的演员，

以及他脸上似曾相识的微笑……
你要如何承受? 这问题反复萦绕。

我无法理解
同一神话深渊中的尴尬和错误，
抑或是迟到的天赋。

这个问题
像是在问，
人们如何承受风雪？
历史如何忍受英雄？
大海如何包容海浪、鲨鱼和贝壳？

圣人如何忍受自己的圣像？
悠长的小巷如何忍受浓茂的松树和盘旋的山鹰？
爱琴海如何承受
脚下的地球
和传奇人物？

空气如何承受飞鸟？
苹果如何承受果树，野花如何承受森林？
游子的脚步如何承受脚下的路，丛林如何承受老虎？
至圣如何承受日出？
还有，神圣的奥林巴斯如何承受众神之城？

Cum îl suport

Cum îl suport? silabiseam
abia auzita întrebare
şi mă gândeam la izvoarele
care-şi trag seva, peştii, sarea,
valul şi-abisul din mare.

Căutam umbra, în care
mi se spunea că exist.
Şi nu vedeam decât o lumină
enormă, apoi acelaşi surâs
ca de actor rămas singur şi trist

printre eresuri şi noiane de flori...
Cum îl suporţi? mi se repeta la nesfârşit.

Nu pricepeam stângăcia, eroarea
sau geniul de a întârzia mereu
în abisul aceluiași mit

în care a întreba asemenea
lucruri e ca şi cum ai întreba
pe cineva cum tolerează ninsoarea,
cum de-şi îngăduie istoria – eroii,
iar valul, rechinii şi scoicile – marea?

Cum de-şi suportă icoanele – sfinţii,
pinii melodioşi – nesfârşita alee,
vulturii – zborul? Cum de rabdă pământul –
talpa piciorului şi legendele –
Marea Egee?

Cum de suportă păsările – aerul,
mărul – merele, pădurea – florile de câmp,
drumul – paşii călătorului, tigrii – jungla,
răsăritul – cel mai mare dintre-nţelepţi,
iar oraşul zeilor – divinul Olimp?

特尔斐

林立的圆柱中间，阿波罗出现，
缓缓降落，
举起夜晚的轮轴，
只手擎天。

赫拉守护着橄榄树上的蛇，
宙斯凝视着高山大川。
看，新的开始在向我们招手，
在那遥远、沉睡的花园，

等待众神清冷中骑马降临，
惊扰晨曦，
像在纤长的海豚背上，
将特尔斐这庄严城市的

迷雾驱散。
特尔斐有曲美的天际，
捧在阿波罗为首的众神手里，
温柔的海豚飞来飞去。

Delphi

Apollo vine de printre coloane,
coboară treaptă cu treaptă,
sprijină cerul cu-o mână
şi osia nopţii, deşteaptă.

Hera veghează şerpi de măslini.
Zeus şi-aţine privirea pe coame.
Te uită, ne pândeşte un alt început
în târzia grădină ce-adoarme

şi-aşteaptă să vină zeii călări
în răcoarea zvâcnind dimineaţa,
legănată pe spate de zvelţii delfini,
care or să împrăştie ceaţa

de-aici, din Delphi – urbe sublimă,
cu cerul curbat, ţinut în mâini
de zei subţiri, conduşi de Apollo
şi stoluri de tandri delfini.

水中画

美丽的幽灵
——在我眼中下起了雪——
来到我的梦乡,
给飞马[①]喂水。

圣座,
在飞马中间喘息,
像万物中的太阳,
围着纤瘦的众神和光圈。

在水中勾画这一切,
很难挥洒自如,
即便是空气那或远或近的
丹青妙手。

停留、等待、倾听，
被下了诅咒。
在薄荷叶的草坪上
被怪兽追赶，

从日出到日落，
在珞珞如石的此刻，
赤着脚逃跑，
孤独而寂寞。

① 译者注：飞马，指珀伽索斯，希腊神话中海神之子，多以银白色飞马示人。

Desen pe ape

Frumoasele năluciri
– fulguind sub pleoape –
pegașii în somn
vin să-i adape.

Sfințenia își trage
sufletu-n ele,
ca soarele-n lucruri,
zei subțiri și inele

abia schițate
sălbatic pe ape
de-o mână de aer,
aproape, departe.

Vrăjit să stai,
s-aştepţi, să asculţi.
Strâns lipit de himere,
s-alergi desculţ

pe pajişti de mentă,
între apus, răsărit,
într-un veşnic azi
stingher, de granit.

十月的脚步

献给我的朋友，加布里埃尔·安德烈埃斯库

死神的毒蛇已消失千百年，
秋天突然从你的双鬓蔓延。
日上三竿；你不舍地把太阳顶在头上，
像顶一个双耳陶罐。
树叶的摩伊拉女神[①]知晓何事将要降临。

你来自远方，
你的花园在荆棘中微笑。
十月，在云雾中燃起火堆，
山鹰嬉戏盘绕周围。

不久，十月又在无影的和平中消退，

伴着调皮木梨和生涩葡萄的喧嚣。
十月，帮我们量出星球、爱人、
彩虹、玫瑰和黄蜂的距离。

宁静，木兰在花蕾中微笑，
劲草缓缓爬上了天……
时光拖长了脚步。
光明几近饱和，轻抚色彩的幽灵，慢吞吞，活生生。

一切似没有尽头。
无处不在的魔力将我们征服。
芬芳四溢，气氛欢愉。
秋天将我们拾起，
用巨大的透明翅膀，载着我们翱翔。

① 译者注：摩伊拉，希腊神话中的命运女神。

TREPTE ÎN OCTOMBRIE

Se dedică prietenului meu, Gabriel Andreescu

Şarpele morţii a plecat de veacuri
şi toamna ţi-a crescut abrupt din tâmple.
Soarele-i sus de tot; îl ţii galeş pe creştet
ca pe o amforă. Moirele frunzelor
ştiu ce o să se-ntâmple.

Fiindcă te-ai întors din depărtări,
grădina ta surâde în măceşe,
octombrie aprinde ruguri printre nori,
în joaca iute şoimii îi întrece

şi-apoi se stinge-n pacea fără umbră,

printre gutui ghiduşe, struguri tari,
prin care măsurăm distanţa-ntre planete,
amanţi şi curcubee, roze şi bondari.

E linişte. Magnolia surâde iar în muguri.
Iarba aspriă urcă la cer în trepte, trepte...
Orele cresc. Lumina dă în pârg şi-alintă
fantomele culorilor, prea vii, încete.

Şi parcă totul nu se mai sfârşeşte.
De pretutindeni ne subjugă o magie.
Miresmele nuntesc. Toamna din noi
ne smulge şi ne duce pe aripa
ei mare, străvezie.

让你解脱的神明

自由意味着你成为一位抽象领主的仆从！
——尼古拉耶·布雷班

飘在半空，哦，我认出我自己！
我努力挣脱束缚的天空，
不停自我告诫，
像困在岁月陶罐里活生生的秋日精灵。
我不过是一丝气息，
不知从谁的心底呼出。
我瞬间死而复生，像欧若拉[①]的黑豹，
突然跃起，急如闪电，
用他们钢铁般隐形的翅膀，
将黎明劈成不对称的两半。

于是，天边的薰衣草园散发出芬芳，
于是，浩瀚的大海泛起七彩波澜。

神明先是探出头，
啊，一切皆发生了改变。
是的，一切变得更加浓重。
眼前的帝国，
有骏马和瓢虫，蝴蝶和青草，
还有未曾见过的一切。
你究竟在哪道光里入梦，
究竟在哪只老虎背上沉睡，
究竟睁开了哪只山鹰的双眼。
其他一切都成了呢喃，成了迷雾，
成了别人
在水中划的一道线。
其他一切不过是沉默，
成了众神、万物、爱人、黄蜂、海狸和护卫舰。
其他一切不过是青色的浩渺一瞥，
囊括我们所有人，
一点一点——把我们汇集成它自己。
而我，已不再是我，
天空，也不再是那个天空，
地球，也已不同于曾经。
人类，也不再仅仅是梦想中

美好家园的明证。
我的守护天使，似一个奇迹——
用一双翅膀，承载帝国的身体，
伴着蜜蜂和海鸥一道飞去。
青草，也变了曾经的模样。
飞鸟，啊，飞鸟，
成了空中的莲，被海洋生物魂牵梦绕，
——成了悲惨星辰的寺庙。

世间万物都有个守护天使，
天使颤抖，体内有歌曲沉睡。
天神降临，在你内心建起一座寺庙，
用山鹰、词汇和无名英雄的尸骨
打造成他的圣殿，
照亮幽暗的天边。
意外地，他竟许了你一个来世，
旋即便离开——杳无音讯——
带走了骏马，
女人和僧侣，
水鹰和旋壁雀，
还有轿中的神父。
他用右肩
扛着橄榄山，

用左肩——
顶着浩瀚辰星。

你发现肋骨中多了座陌生的神坛，
更感空虚孤独；
呼吸困难，脑中满是回忆，
满是那不属于你的世界的回忆：
那个世界源自一座神庙，
由无名生命的思想打造，
供奉着那个让你解脱的神明——
水域间那闪闪发光的海岸，
近在咫尺，
天空之下——那座穹顶教堂
守候着歇斯底里的海鸟。

① 译者注：欧若拉，罗马神话中的黎明女神。

Zeul eliberator

„Libertatea înseamnă să fii
vasalul unui stăpân abstract!"
N. Breban

Sunt în aer; oho, mă recunosc!
repet și încerc să mă smulg
din văzduhul ce mă conține,
ca stafiile toamnei din amfora zilei, vie.
Nu sunt decât relieful aerului, eliberat
din plămânii și inima nu se știe cui.
Mor, înviu cât ai clipi, ca panterele Aurorei,
care în salt violent despică zorii de zi
în două jumătăți asimetrice,
cu aripa lor de metal nevăzut,

apoi câmpul de levănţică, înflorit la orizont,
şi marea ici mov, colo verde şi albăstrie.

Vine val-vârtej zeul şi, ah, totul
se transformă în mai mult decât o poveste.
Da, totul devine mai mult decât este.
Ceea ce se vede e regatul a tot
ceea ce n-a fost văzut de cai,
buburuze, fluturi, iarbă şi oameni.
Depinde de lumina în care visezi.
Depinde în care dintre tigri adormi
şi-n ochii cărei acvile te trezeşti.
Restul nu e decât murmur, abur
sau nu mai mult decât un vers
scris de cineva pe ape.
Restul nu e decât o tăcere, mutată în zei,
lucruri, amanţi, viespi, castori, fregate.
Restul nu e decât o uriaşă privire
verzuie, care pe toţi ne încape

şi este egală – secundă de secundă –
cu ea însăşi. Eu nu sunt egal cu mine însumi.
Cerul nu este egal cu sine însuşi.
Pământul nu-i egal cu ceea ce este.

Oamenii sunt mai mult decât semne
ale celei mai frumoase dintre lumile visate.
Îngerul meu păzitor este egal cu o mirare –
trunchi al unui imperiu dus pe aripi
de stoluri de-albine şi pescăruşi.
Iarba e ceva mai mult decât pare.
Iar păsările, ah, păsările sunt un fel
de crini ai aerului, visaţi de animalele
mării – templu al aştrilor tragici, apuşi.

În fiecare lucru tresare un înger.
În fiecare înger e-un cântec adormit.
Vine zeul, îşi înalţă un templu în tine,
apoi îşi face un altar din acere, cuvinte
şi din osemintele unor eroi necunoscuţi,
luminând cu ele văzduhul semiobscur.
Apoi unei alte lumi fulgerător te promite
şi – fără să-ţi dea de veste –
pleacă, însoţit de cai, femei,
călugări, lăstuni de apă,
fluturaşi de stâncă
şi preoţi în lectici.
Pe umărul drept ţine
munţii de măslini,

pe umărul stâng –
stelele mici.

Tu rămâi singur şi gol
cu altarul acela ciudat între coaste;
abia mai respiri, învins de-amintirea
unei lumi ce nu-ţi aparţine:
o lume iscată din tâmpla
zeului eliberator,
modelat de gândul nu se ştie cui –
ţărm scânteind între ape,
aproape, aproape, aproape,
sub cer – cupolă a unei biserici,
vegheate de pescăruşi isterici.

追捕雪花

色彩，
是寂寞忧伤之人的面具。
那创造了眼睛和双鬓的人知道，
夜晚的床榻
会向光明跳动的心房缓缓倾靠。

金属立柱林立，
高耸入天空。
那创造了思维和手臂的人知道，
千百年来，
他神秘的家乡

始终是果心和玉液琼浆，
是万物的本质，是冰冷却公正的月光。

秋天来临；枝叶和大海、人群和贝壳中间，
宁静的秋意，愈浓。
这是怎样一个燥热的夜晚，

似地窖，湖水精灵扭曲了它的倒影，
周遭，是撩拨水面的
蔓延水莲和秋末蜻蜓。
这是怎样一首发自心底的歌曲，
带走黑暗，将其倾泻在船里。

那被光明束缚了手脚的人，像循规蹈矩的太阳，
像思想的骨架，像躯壳的轮轴，
从我们身上，他知道什么是深陷永恒，
了解是哪个半球进入了被透明沙漏桎梏的
秋天和死亡、岁月和天空。

那控制着沙漏的手，
发现人生不过是一场追捕，
知道我们，哦，不过是一群孩子，
当第一场鹅毛大雪像迷雾天空的主人旋转飘落，
我们试图用眼睛、嘴巴和双手去追捕雪花。

Vânătoarea de fulgi

Culorile sunt măşti ale cuiva
mai singuratic şi mai trist.
Cel care a zidit ochiul şi tâmpla ştie
albia nopţii când încet se-nclină
spre inima luminii, vie.

Copacii sunt metalice coloane,
pe jumătate în văzduh ascunse.
Cel care a făcut gândul şi mâna
cunoaşte locul secret din care
de milenii îşi trage rădăcina

miezul, nectarul, natura lucrurilor
şi albul rece şi candid al lunii.

E toamnă; liniştea-i desăvârşită
în frunze, mări, oameni şi scoici.
Ce noapte-nfrigurată, ca de criptă,

cu umbra răsucită-n duhul lacului,
cu nuferi vii şi-ntârziate libelule,
care tăria apelor o-ncearcă.
Ce melodie se-ntrupează din adâncuri
şi duce-n zare bezna, prăbuşită-n barcă.

Cel în lumină ferecat, ca soarele-n orbită,
ca oasele – în trup, ca osia – în gând,
din tot ce suntem ştie ce e surpat în veşnicie
şi care emisferă îi revine toamnei, morţii,
bolţii şi zilei prinse în clepsidra străvezie

de-aceeaşi mână care vede când viaţa e o
vânătoare şi când nu suntem, ah, mai mult decât
nişte copii care, văzând prima ninsoare, prind
cu ochii, gura, mâna, fulg după fulg, şi zboară,
şi cad, livizi de frig, noiane, din cerul aburind.

《圣经》故事

> 而眼睛，满溢欢喜
> 永远沉默地守望着
> 清澈明朗。
> ——弗里德里希·荷尔德林

秋天，崇高的先贤，
探索水井、森林和五彩斑斓，
它是未知的终结，
从橡树光秃的树冠飘落，
映衬着天空，
那是神圣小提琴发出的美妙音色。

秋天，崇高的先贤，
流过河床、飞鸟和流星，

万物似开始了新生。
光秃秃的大地仍一片黑暗，太过温柔。
那划破黑暗的光甚是良善，
四处留下记号和痕迹，

在寂寥的天空下活生生出现。
天边不见成群的秃鹰。
等待在万物中微弱地呻吟，
无意识，似成熟的思绪，
在创世纪前夜
从我们那基底的灵魂迸发而出。

他太寂寞，无法离去，
太寂寞地活在这世上，心跳几欲停止。
神圣的白鸽，爪子纤巧，
橄榄枝衔在口中，
站在唯一的邻居面前，
四目相对，灵魂相通。

Biblică

„Iar ochii, preafericiții,
Privesc în tăcută
Pe veci claritate.”
Friedrich Hölderlin

Toamnă, sublimă profeție
explorând fântâni, păduri, culori,
e un sfârșit incert ce-adie
dinspre coroana fără frunze
a stejarului, răsfrântă în văzduh
și-n sunete arcuite din sfintele viori.

Toamnă, sublimă profeție, urnind
din matcă fluvii, păsări, meteori,

un început în toate stă să fie.
Pământul gol e şi întunericul prea blând.
Şi bună e lumina ce-şi lucrează drumul,
pliul şi urma peste tot, prea vie

ca să fie deodată sub cerul gol.
Condorii nu se văd în cartea de la orizont.
În toate aşteptarea geme stins, iruptă,
fără să se ştie, ca un pregând, din acel duh,
care ne este tuturora temelie
din preziua facerii, abruptă.

El e prea singur ca să moară, prea singur
ca să fie pe acest pământ cu inima abia pulsând
sub picioruşele acelui porumbel divin,
ce ţine-n plisc crenguţa de măslin
şi stă faţă în faţă, ochi în ochi,
suflet în suflet, cu singurul Vecin.

似是而非的叙事诗

刺骨的寒冷，
幽灵和槐树在腐烂木梨般黑暗的天空颤抖。
迷雾笼罩万物，
看不清三步以外的路，
它轻轻拨弄蜘蛛，宝石落入无名网中。

第一天，
我们来到苍鹭和野雉出没的十字路口。
愈发稀疏的叶子，
将绿色放逐到井边的青苔，
两只迷路的蟋蟀，头上顶着的天线，像莫西干人一般。

万籁俱寂，宛如世界末日，
火焰和路搜遍整个果园。

破晓之前，天体落向修普诺斯[①]，
海洋从珍珠、贝壳和泡沫那里搜罗了灵魂。
幼小的羔羊，几欲从时光的马背坠落。

创世纪的序曲，在各处筑巢。
年迈的龙，喷吐着火焰躲入树丛，
忽又转念一想，
折返回来，
与邀请他们采集水母的神秘天使手挽着手。

① 译者注：修普诺斯，希腊神话中的睡神。

Cvasipastel

E-un frig de tremură fantome şi salcâmi
sub ceru-ntunecat ca nişte putrede gutui.
Ceaţa şi-aruncă mantia pe lucruri,
de nu vezi la trei paşi; păianjenii i-alintă,
scăpând mărgăritare-n plasa nimănui.

E ziua cea dintâi şi suntem la răscrucea
drumului, tăiat de mândri cocostârci şi de fazani.
Frunzişul tot mai rar şi-a exilat tot verdele
pe muşchiul din fântâna, pe care îşi duc crucea
doi greieri rătăciţi, ca nişte mohicani.

E-o linişte ca de sfârşit de lume.
Focul şi drumul şi-au găsit de lucru în livadă.

Spre ziuă aştrilor le cade inima spre Hypnos.
Marea îşi strânge sufletul în perle, scoici şi spume.
Mieii prea cruzi pe coamele secundei stau să cadă.

Mai peste tot îşi face cuib un început.
Zmeii tomnatici scuipă foc şi fug în frunze,
apoi îi rod părerile de rău şi ei se-ntorc
de mână cu arhangheli de nepriceput,
care-i invită la cules meduze.

冰冷轨迹

如果你在我脑中投下一团火焰
那么我将把你融入骨血。
——赖内·马利亚·里尔克

清晨，太阳初升，
世俗的海鸥
像教堂里的光，
盘旋飞起，

安抚我的忧伤、过失和岁月。
永恒显现并开始蔓延，
不再只是画面，
不再只是记载了生命、慰藉和岁月的

神圣书卷。
它的起点
记录了圣人青铜色的血液，
和那燃烧岁月里

被傲慢凉薄众神唤醒的
难忘阴影。
曾经，他们满怀激情，
在未曾补救的天空纵横驰骋。

穿越苦寒，双亲在神像中保持沉默，
寒冷让你忘记了自己的名字；
你打着冷战——哼着歌——
完成了最后的工作。

轨迹，越来越冰冷；
让我们像玫瑰一样，像玫瑰一样相爱。
我思想的穹顶下，
绝望的白桦树在熊熊燃烧。

Frig pe orbită

„Şi dacă ai să-mi arunci tu foc în creier,
Atunci te voi purta pe sânge.”
Rainer Maria Rilke

Ca lumina-n biserici se înalţă
în cercuri pescăruşii, profanii,
adormind în mine tristeţile,
rătăcirile, anii,

dimineaţa, când soarele-i sus.
Veşnicii răsar şi cresc din imagini
şi lucruri, care-şi citesc fiinţa,
relieful, vârstele în pagini

sfinte de istorie-a pământului,
de când există el şi e purtat
pe sângele de bronz al sfinţilor
şi-al umbrelor de neuitat,
de zei distraţi şi mândri înviate
în ani de foc, când, drepţi, au rătăcit
călări prin patimile timpului,
sub cerul nemaimântuit

şi-un frig de tac părinţii în icoane,
un frig de nu ştii cum te cheamă;
şi tremuri, şi – în timp ce cânţi –
treci cea din urmă vamă.

Frigul se înteţeşte pe orbită;
să fim ca rozele şi să iubim ca ele.
Mesteceni disperaţi se-aprind şi ard
sub bolta gândurilor mele.

无人的国度

黑暗——无人的国度
哭喊着悲伤，
在每一个街角。
你触摸过的一切，终会将你遗忘，
在万物烈火的灵魂中肆意生长，
偶尔又不由分说地将你击败。

第二天，
始于那用四头大象撑起地球的怪兽，
如远古重现。
那时，我们听得到世界的心跳，
被阿波罗封存在忧郁的地方，
封存在精灵搭起的庙堂。

一切，始于不成文的法规，
始于万物的母体子宫。
一切，复苏于水、空气和火，
蒙受三位命运女神的呵护：
那是克洛索[①]、拉克西斯[②]和坚强的阿特洛波斯[③]的恩泽，
哦，她们无所不知，无所不晓。

---

① 译者注：克洛索，希腊神话中“命运三女神”之一，负责编织命运之线。
② 译者注：拉克西斯，希腊神话中“命运三女神”之一，负责丈量命运之线。
③ 译者注：阿特洛波斯，希腊神话中“命运三女神”之一，负责剪断命运之线。

Țara nimănui

Întuneric – țară a nimănui
ce-și strigă tristețile
la fiecare colț de stradă.
Tot ce atingi, te uită, crește din belșug
în sufletul de foc al orișicui
și te învinge rar, fără tăgadă.

Ziua a doua urcă din himere
ce sprijină pământul pe patru elefanți,
cum se-ntâmpla aievea în vechime,
când ascultam pulsând inima lumii,
de Apollo ținută în melancolicele sfere,
apoi în templul înălțat de științe.

Totul începe cu legile nescrise
în pântecul matern al lucrurilor.
Totul renaşte din apă, aer, focul
vegheat de trei zeiţe: Clotho, Lachesis
şi ne-nduplecata Atropos – sublime graţii
de temut, care, oho, ştiau aproape totul.

睁开双眼

用力睁开眼，不要闭上。
别忘了呼吸，不论发生什么，
深吸一口气，什么也别问：
包括为什么、怎么办、何时结束？
我在你身边，倚靠着石柱，
我在你身边，前无古人，后无来者。
在尚未到来的和平岁月，

某天，你将歌唱，你将悠然地空想，
戴着耳坠、手镯、桂冠，穿着棕色的凉鞋，
还有那些清晨从树上采集的宝物：一目了然。
极光闪过云端，
我从黑暗中筛选出光明，从陆地寻找到水域。
天寒地冻，鸟儿不再飞翔。

而晌午的穹窿下，又赤日炎炎，生机勃勃。

第三天终于到来，弓着腰。
微风袭来，吹拂着可见和不可见的一切，
于是，孤寂萌生——在生命的摇篮。
时光迟暮，我们只剩下最后一口气息，
最亲爱的怪兽啊，
用未曾见的一切创造了生命：
那是折磨和等待，迷雾和肋骨，还有那一抔陶土。

Deschide ochii

Deschide larg ochii, ţine ochii deschişi.
Nu uita să respiri. Orice s-ar întâmpla,
trage aer adânc în piept şi nu întreba:
până când, de ce şi cum, chiar aşa?
Sunt cu tine, înzidit în coloana secundei.
Sunt cu tine aşa cum n-a fost, nici va fi
cineva vreodată. Într-o pace ne-ncepută, cândva

veţi cânta, iubite abstracţiuni, cu cercei în urechi,
brăţări de liane, inele de laur şi sanda cafenie,
dragi fiinţe culese în zori din singurul arbore:
totul e la vedere. A trecut călare pe-un nor Aurora
şi-am despărţit lumina de întuneric, apele de uscat.
Şi era frig de se opreau păsările în zbor.

Şi era cald sub bolta dimineţii, vie.

Ca un arc curbată, s-a făcut ziua a treia. Şi o adiere
peste văzutele şi nevăzutele toate s-a făcut.
Şi s-a făcut singurătatea – matcă a fiinţei.
Şi târziu de tot, când nu mai aveam
decât o respirare, dragi himere, viaţa s-a făcut
din tot ce nu s-a mai văzut: suferinţă, aşteptare,
abur, coastă şi ce mai e de găsit într-o mână de lut.

黎明

光明向白桦林派去使者，
却忘了玫瑰丛和日落的烈火。
夜幕降临，你摇晃天使，
似乎一切已完结。

当阿特洛波斯对你磨刀霍霍，
黎明却等着让你重生。
当命运之神陷入沉思，
你却看到人类和自然法则的边界。

绿树成荫，泽被草原，
一切都在无聊中等待。
花园集结了
美丽的丰饶，

笑看小马追着蝴蝶、野兔、黄蜂奔跑。
当平和给了后代自由，
它细数阳光里的花草，吮吸牡鹿花冠上的雨露。
午后那坦白的空间里，

我竟意外地区分出昼夜，
漂浮如梦境般，歌声缓缓，
雏形初现，心智成形，
哦，那炽热的生命，孤寂的夜莺。

Zori de zi

Lumina își trimite solii în mesteceni,
își uită focurile-n roze și-asfințit.
E seară și-n cuvinte; arhanghelii îi legeni.
Totul se-arată oarecum sfârșit.

Zorii de zi așteaptă să te-nchege,
când Atropos și-ascute foarfecele.
Tu ai văzut hotarul dintre oameni-lege,
în timp ce au căzut pe gânduri Parcele.

Copacii și-au scos umbra la păscut.
Respiră-n toate o așteptare surdă.
Adună frumusețe grădina din belșug
și râde-n mânzul crud ce zburdă

după fluturi, iepuri de câmp şi viespi.
Când pacea şi-a scos puii, îi număra la soare
şi rouă culegea dintre coroanele de cerbi,
noaptea de zi am despărţit, şi mare

mi-a fost uimirea: în candidele sfere
ale amiezii pluteau ca-n vis, uşor, cântând,
fiinţe-nfrigurate, privighetori stinghere
de cum prindeau relief şi duh în gând.

燕子的地盘

你的国度，那历经了漫长等待的土地，
是热情的燕子的地盘。
从玫瑰花丛和幽香气息中，
你雏形初现，在上世纪的林间做梦。

多走几步，
你将飞抵全新的枝干。
闭上眼，入梦，
四周鹁鸪围了一圈。

闭上眼，入梦，
走进陌生人的眼。
相信那塌陷在
无人轨迹的夜晚，

来自虔诚的燕子的国度。
在那里，你可以透过人类看清一切，
在那里，你可以远远地目睹山鹰之死，
在那里，你雏形初现，复活于教派融合的瞬间。

ÎN RAZA PĂTIMAŞILOR LĂSTUNI

În raza pătimaşilor lăstuni
e ţara ta, pământul aşteptat.
De printre roze, în miresme te aduni,
visezi în arborii din veacul celălalt.

Mai e foarte puţin şi te apropii
de trunchiul întemeietor.
Închide ochii, dormi în dropii,
zidite într-un cerc îmbietor.

Închide ochii, dormi, coboară
sub pleoapa nu se ştie cui.
Încrede-te în orele de seară,
surpate în orbita nimănui

din ţara cuvioşilor lăstuni,
unde se vede tot prin oameni, unde
din depărtări în vulturi mori, te-aduni
şi-nvii în ecumenice secunde.

神降人间

神降人间，
十一月，带给我们各地的消息：
似乎一切将缓慢走向终结……
虚空，两侧是羞涩的树，
他们鱼贯而行，
落入空中的草地，等待救赎。

苍穹沉重，山高海阔，
沉重的时刻，流淌在稀薄的空气中，
投射在地面灯光的广场上。
你一路独行，目光凝重。
向死的愿望，
揭露每个人心中埋藏了千百年的秘密。

秋日映在眼中，映着石子和沙漏，
风儿带给我们全新的答案。
啊，主啊！
多少次，灵魂被桎梏在荆棘里茕茕孑立？
像阳光洒满木梨，
黎明，神降人间，轻抚它的脸庞。

Vasăzică zeii printre noi coboară

Vasăzică zeii printre noi coboară;
de pretutindeni brumar ne face semne:
totul încet pare să ia sfârşit...
Ei câte unul merg prin golul
locuit de arbori resemnaţi şi frunze,
căzute-n cerul ierbii, mântuit.

Bolta e grea şi munţii mari, ca marea,
şi ceasul greu e în aerul rarefiat
şi-n foruri luminate-n subterane.
Mergi singur. Ochii sunt prea grei.
Dorul de moarte dezgroapă-n fiecare
de secole uitate taine.

Vântul ne mână spre un nou sfârşit,
cu toamna strânsă-n ochi, clepsidre,
pietre. Doamne, pentru a câta oară
sufletul singur se închide în măceşe,
ca soarele-n gutuia cu faţa-n zori atinsă
de zeii care printre noi coboară?

泰勒斯[①]的梦

众神在迷雾和暴风中穿梭。
我与怪兽面对面站着，
眼见它的褶皱扭曲陷落；
像狡猾的宙斯

在橄榄树丛和正直的飞燕中间寻找伴侣时
赫拉在梦想和妒忌中的陷落。
看吧——柏树丛里、水井旁边和慵懒的轨迹上，
黄昏竖起了耳朵。

一切了然可见，
怪兽的眼神越来越贪婪。
泰利斯回到幸福的水中，
在那里，一切一览无余。

最先出现的是生命之水，
众神忧伤低语，斗篷拿在手中；
铸造神像的青铜知道，
何时宙斯会与他柔美的情人一同现身。

我们四面楚歌，
千钧一发，腹背受敌。
幽怨的神漂浮在黎明，
一切同源，开始衍生。

① 译者注：泰勒斯，古希腊时期的哲学家，创建了古希腊最早的哲学学派——米利都学派。

Visul lui Thales

Zeii mergeau prin ceaţă şi tornade.
Stăteam faţă în faţă cu himera.
Vedeam cum se-arcuieşte pliul ei şi cade;
la fel în vis şi gelozie cade Hera,

când Zeus cel viclean îşi caută perechea
printre măslini şi rândunele drepte.
Te uită cum amurgul şi-a ciulit urechea
în chiparoşi, fântâni, orbite-ncete.

Atât de limpede totul se-arată.
Ochii himerei sunt din ce în ce mai verzi.
Se-ntoarce Thales la fericita apă,
prin care toate lucrurile vezi.

La început a fost Apa cea vie,
bolborosesc trist zeii, cu mantia în mână;
bronzul din care-au fost turnați, o, știe
când Zeus se arată în gingașa-i stăpână.

Se-anunță un plin de fast prăpăd,
multiplul răsucind în singurul mănunchi.
Zei melancolici plutesc în zori și văd:
totul începe din același trunchi.

秋色朦胧

天使环绕，秋色映在水中，
我已几乎忘却，
从哪棵树上摘下了这美丽的辞藻，
它甜美的音节回荡山间，
在那里欢庆舞蹈。

那只孵化了它的鸟儿，沉默谨慎，
你唤它作什么？
哪里是它的家园，
是它踯躅的天空、它的故事，
它的泥土和最后的巢？

啊，岁月消逝，
像那血统纯正的猎狗追寻着主人。

时光隆起脊背，
像马鬃在呼吸：急促而深重，
像山鹰划过高空。

我将自己拾起，
回首那久违的秋；
我分不清生命之树和飞禽走兽，
酣睡的神父，被信件湮没。
我听见天体飞驰而过。

Ca prin ceață

E toamnă printre îngeri, pe sub ape
şi eu abia de-mi amintesc
din care arbore am smuls acel cuvânt
şi unde, dulci, silabele-i nuntesc,
din culme-n culme rătăcind.

Cum se numeşte pasărea
ce l-a clocit, discret retrasă?
Unde să-i fie patria, văzduhul
ezitant, povestea, poate lutul
şi cea din urmă casă?

Ah, trece timpul, cum la vânătoare
câinii de rasă merg după stăpân.

Secundele se arcuiesc în felu-n care
respiră coamele: precipitat, adânc,
ca vulturii tăind fâşii cerul alpin.

Mă smulg din mine; capul mi-l întorc
spre acea toamnă de demult;
văd ca prin ceaţă pomul vieţii, animale,
preoţi dormind, pierduţi în zale.
Şi-un vâjâit al unui corp ceresc ascult.

赫拉克利特

我善待飞鸟。
建造狭长穹顶，映衬灰白天空。
而当黑夜在芳草、水井和海边睁开眼，
在每个人心中睁开眼，
我为何无比伤感？

我善待熊、狮子和鹿，
把大树、野牛和植物揽入手中；
那是世间第一座森林。
而我为何沉睡不醒，像地下的逝者，
像古老的婴孩的沉默？

夜幕悄然划过日落，
我犹豫不决，时辰已过，

哼着歌，我用亚当的肋骨塑造了你。
为何你要搅扰我的安宁？惊声尖叫中，你发现了什么？
脱离了高声尖叫的口，你又将流往何处？

Heraclit

Eu le-am făcut dreptate păsărilor.
Cerului alb o boltă zveltă i-am zidit.
Şi-atunci, de ce tristeţile mă împresoară,
când ochii nopţii se deschid în iarbă,
fântâni şi mări, apoi, târziu de tot, în fiecare?

Urşilor, leilor şi cerbilor eu le-am făcut dreptate
şi-am adunat copacii, zimbrii şi plantele în mână;
era prima pădure de când lumea. Şi atunci,
de ce mă-nchid în somn, ca morţii în pământ
şi ca tăcerile străvechi – în prunci?

Pe tine, şovăind, târziu, când seara
fulgera tăcut şi fioros la asfinţit, din coasta

lui Adam, cântând, eu te-am cioplit. Și-atunci,
de ce îmi tulburi liniștea? Ce ai găsit în țipătul acela?
Spre care depărtare din gura lui tot curgi, și curgi?

我不知为何

不知为何，我早早地开始守护自己。
我等待心灵的陶罐能优雅地填满。
所有清泉都始于泥泞，
又被飞翔的天使踏践。
不知被什么戳了肋骨，天使学会在人群中漫步，

不分昼夜，风雨无阻，
直到把人类驯服成朋友。
后来，许久以后，当他们倦怠，
便随机拣选一位，
在他体内休养生息，整整一年。

后来，有些人选择离开，天晓得去了什么地方，
不留一丝踪迹，没有人质，也没有标记，

一直等待心灵的陶罐能被填满，
填到满溢。
而与此同时，他们也从某一刻开始，早早地守护起自己。

Nu știu de ce

Nu știu de ce mă apăr de începuturi cât pot.
Aștept până amfora inimii, treptat, se umple.
Toate izvoarele încep din glodul frământat
de îngerii zburători, care, împunși în coastă
de ceva nelămurit, au învățat să umble

noapte și zi, nestingheriți, printre oameni,
până îi îmblânzesc de tot, și-i fac prieteni,
apoi, într-un târziu, cad secerați de oboseală, aleg
câte unul la nimereală parcă și în trupul lor
își trag sufletul un an întreg.

Pe urmă unii se retrag numai ei știu unde,
fără să lase urme, semne ori vreun zălog,

şi aşteaptă să li se umple amfora inimii
şi să dea peste margini. Între timp,
se apără de un alt început cât pot.

白桦园

画眉躲在枝桠间，
躲进了春天，
不论多晚，
无论你在白桦园中走了多远，
它们总会归巢。

他们躲进亭子里，
旁边有一眼古老的深井，
他们穿过蜘蛛和蜜蜂，
枝条和蚱蜢，
有时无法落入水中。

黎明，最美的玫瑰躲进花丛，
它知道，破晓时分，

你必经此地，即便步履迟疑。
那时候，有些花朵已奄奄一息。
你与隐形的十字架擦身而过，却毫不知情。

不知何处，传来一声大喊，震耳欲聋；
后来，十一月用它巨大的翅膀载起你远行，
在死神的沉寂混乱中把你偷走。
后来，你用颤抖的手合上沉默的嘴巴，
像白天将黑暗的空洞合拢。

Parcul cu mesteceni

Ei s-au retras în frunze
şi în izvorul spre care toate
mierlele se-ntorc, oricât de târziu s-ar face
şi oricâte alei şi cărări ale parcului
cu mesteceni galbeni ai bate.

Ei s-au retras în foişorul
cu fântâna adâncă, săpată demult,
şi îşi fac loc printre păianjeni,
vreascuri, albine, cosaşi, lemne,
dar la apă, uneori, nu mai ajung.

În zori de zi, prea frumoşii în grădina
cu măceşe s-ar ascunde, ştiind că acolo,

când se crapă de ziuă, şovăind, te duci.
Chiar atunci, unii dintre ei îşi dau sufletul.
Fără să ştii, mergi printre nevăzute cruci.

Se aude nu se ştie de unde un strigăt asurzitor;
târziu, brumar te ia pe aripa-i mare şi te duce,
apoi tăcerile morţii, răvăşite, de-acolo te fură.
Atunci, tremurând, tu gura cu mâna le-o închizi,
aşa cum ziua închide bezna în scorbură.

成为太阳

> 成为太阳吧，这样全世界都会看见你。
> 但太阳必须首先成为太阳。
> 而你笑着问：我为什么要和席勒同争光辉呢？
> ——费奥多尔·米哈伊洛维奇·陀思妥耶夫斯基

秘密，持续在我们内心挖掘通道，
要成为太阳，不要畏惧。
黎明总是在最困难的时刻来到：自然、明确、庄严地来到。
它的血亲月亮，用水塑成雕像，

挂上森林星球的皇冠，好让你成为月亮。
来！快快升起，凌驾五彩的天空，
听那独角兽的吼叫——如被拣选的花朵——
成为月亮，浮出水面，摆脱地窖的晦暗。

当月亮的低语从地面微微浮起，
成为绿草、寺庙、大海的主宰，
而后又莫名逝去，
万千生命，在花园的幽闭角落彼此呵护，在黑暗中喘息。

落败，你又一次成为太阳，
像从万丈深渊中崛起，经历了千百年的流浪，
用简单的泥土和湖水艰难地重塑自己。
十一月正浓、正盛；晚秋的清冷让你苏醒。

很好，一切都属于你，有钱人：
太阳和月亮，地球和秃鹰。
和平，传话给磨坊角落的幽灵和小羊，
我的揉搓给了你生命，我能洞悉你的一切。

你大喊着向我吐出气息，微笑后陷入沉思。
据记载：我们每个人都曾被这样揉捏，
日日夜夜，像被幸福冒泡的小羊戳中了肋骨，
世界在魔力和奇迹中重生。

Fii soare

„Fă-te soare, şi o să te vadă toată lumea.
Dar soarele trebuie să fie mai întâi soare. Iar
zâmbeşti, de ce: că o fac pe Schiller?”
F.M. Dostoievski

În forul nostru taina vaduri sapă.
Fii soare fără teamă şi răsai. Zorii de zi mijesc
în greul cel mai greu: imperial, definitiv, firesc.
Rudă de sânge, luna sculpturi face pe apă

şi creştetul şi-atârnă de sfera-mpădurită,
ca tu să fii. Tu vino, te ridică din raiul culorilor
şi-ascultă unicornul – alesul dintre aleşii florilor –
şi lună fii, răsai din ape şi aerul de plumb din criptă.

Mii de fiinţe cură din ascunzătoarea
din grădină şi sufletul şi-l trag în bezná,
când şoapta-i urcă din pământ în gleznă
şi ia în stăpânire iarba, tâmpla, marea,

murind fără motiv. Învins, tu soare redevii,
din tine te ridici ca din abis, de veacuri
rătăcit şi adunat cu greu din lutul gol şi lacuri.
Brumar e în zenit; abia atunci, răcorile târzii

te fac să fii încă o dată. E bine, totul îţi revine,
bogatule: luna şi soarele, pământul şi condorii.
Pacea silabiseşte arătări, iezii prea cruzi în
colţul morii,
când te frământ, viaţă îţi dau, mă uit şi văd prin tine.

Tu plângi, respiri prin mine, surâzi, te minunezi.
Cum a fost scris: plămada e lucrată-n în fiecare.
Noapte şi zi, lumea renaşte din magie şi mirare,
împunsă-n coastă de prea fericiţii iezi.

第七天

秋天，眷写空气中古老的年鉴，
深夜时分，轻快地跨过一座小桥。
风儿，用它冰冷的手指
在额头上刻了个对勾，

选中了那内心中有秋日的人。
第七天，到了日暮时分。
我轻声问你，“在想什么？”
你的凝视，让我两颊绯红。你一动不动。

罕见的沉默让树叶脱落，
天空收拢神像的忧伤，
水井呼出内心的清凉，
小路把灵魂带向屋顶的窗。

如《圣经》里悠久的记载，
完整的秋日，披挂上阵。
光明，将年迈的吟游诗人聚拢在一起，
在路边、凉亭、公园，在鱼儿跃过岩石的瞬间。

Ziua a șaptea

Letopisețe în văzduh transcrie toamna
și trece cu pas zvelt, târziu, o punte.
Vântul sculptează cu degetele-i reci
basorelieful V-ului din frunte

și-alege oamenii cu toamna-n trup.
Ziua a șaptea se-apropie de asfințit.
Privirea ta-mi ridică sângele-n obraji, în tâmple,
când te întreb: „La ce te-ai mai gândit?”

Tu taci. Din strania tăcere cad frunzele
și cerul își adună tristețile-n icoane,
fântânile-și adulmecă răcoarea,
poteca-și urcă sufletu-n lucarne.

Întreaga toamnă își pune noi odăjdii,
cum a fost scris de mult în Cartea Sfântă.
Lumina strânge aezii pe cărări, în chioşcuri,
parcuri, în saltul peştilor, slăvit de-o stâncă.

唯一的路

我一直在思考
你的功绩
和传奇，
只有志在必得的人
才配拥有的
殊荣。
我从你的夜晚
崛起，
像冰冷水上
层层涟漪中
那难得的
完整的圆。
八月，在纠结中
冥思苦想，

突然发现
唯一的路……
蝴蝶飞舞的玫瑰花丛，
散发着芬芳的法师，
庄严肃穆的金盏花，
这一切美好
皆因为你的触碰。

Singura cale

La faptele tale
m-am tot gândit
şi la minunile
dăruite doar celor
care nu pot trăi
fără ele.
Din noaptea ta
am răsărit
ca amiezile mari
din deştepte inele,
desenate-n vârtejul
rece al apelor.
August ruminat
de contradicţii,

singura cale
dezvelind-o subit...
Printre fluturi şi roze,
rabinii miresmelor
şi crăiţe solemne
azi mâna ta vie
s-a odihnit.

我，格格不入

我们从哪里来？
我们是什么？
我们到哪里去？
——保罗·高更

我是谁？我问风、问青草，
问我的守护天使和深夜。
我来自何处，去向何方？
我问山鹰，
问寺庙的鸽子，
问七星瓢虫，
问橄榄花园，
问被遗忘了的
居住着圣人的火山口。

可我却从未得到答案，
只有沉默的冰冷，
世界初始般的沉默，
屠杀邪神般的沉默。

我是谁，究竟是谁？
我慌张地问母亲，
毫无疑问，
她一定知道：
毕竟是她用她的身体和灵魂，
把我的身体和灵魂带到这个世上。
她陷入沉思，我的圣人啊，她对我微笑，
沉默片刻，她低语道，
“难道你看不到自己的格格不入？”
我们之间有着天壤之别。
我头上闪着红光，
那是天空中最闪亮的星，
神奇的毕宿五星。
我不理解自己为何一直哭泣，
不理解为何我的格格不入
像植物般生长，
像神圣的花园，
经历了夏天和秋天，
跨越了高山大川，山鹰、骏马和青草，

奔向新的大陆和海洋。
是的，它一路疯长，更大更高，更加茁壮
——啊，荣耀归于我主——
一年又一年，一秒又一妙。

可是，可是：我究竟是谁？
我忍不住追问，
虽身处地狱，我怀着柔软的心不停书写，
内心再也无法平静。
我穿过家园那过度砍伐的森林，
继续追问：
问夜晚和小路，野牛和野猪，
问梦想编织的天空中所有的生灵。
后来，我回到家，
问邻家花园中高耸的橡树。
啊，橡树，
不知是哪个神的躯干，
如今，我与他面对面，
他灼烧我的心，
我的灵魂和我的眼。
是的，橡树，
它是我忧郁的记号，
它如此忧伤，如此骄傲，
比猎鹰还要安静。

后来，
遥远开始一点点溃败，
我压低声音，
追问大海，问我毕生的朋友，
特意地，我还问了我的敌人。
我保证：
我只听见时光的回声，
空气中回荡着无法忘怀的追问，
它像法老走进坟墓一般，
湮没在了浓重的空气中。

Povestea străinătății mele

„D'où venons-nous?
Que sommes-nous?
Où allons-nous?"
Paul Gauguin

Ce sunt eu? am întrebat vântul, iarba,
Îngerul meu păzitor și-apoi noaptea.
De unde vin și încotro mă îndrept?
am întrebat vulturul,
porumbița din templu
și buburuza, iar, mai târziu,
o grădină de măslini
și craterul uitat al unui vulcan,
locuit de-un înțelept. Niciodată

n-am primit nici un răspuns.
Se făcea o tăcere de gheaţă;
o tăcere de început de lume,
de daimon răpus.

Ce sunt eu, totuşi, ce sunt?
am întrebat-o exasperată pe Mama,
care – e cât se poate de clar –
nu se putea să nu ştie:
sunt trup şi suflet adus pe lume
din trupul şi sufletul ei.
Căzând pe gânduri, ea, sfânta, a surâs;
şi, într-un târziu, s-a auzit şoptind:
– Nu vezi cât de străină eşti?
Ne despărţeau ani lumină.
Eram sub semnul roşu
al celei mai luminoase stele,
miracol numit Aldebaran.
Nu pricep de ce plângeam.
Nu pricepeam din ce pricini
străinătatea mea creştea ca o plantă,
ca o grădină dumnezeiască,
peste vară şi toamnă, peste vârfuri,
vulturi, capre şi coame, peste cai şi iarbă,

peste nouă mări şi nouă ţări,
ah, cum mai creştea, se îmbelşuga,
prospera – Doamne, slavă, slavă –
secundă de secundă, an de an.

Şi, totuşi, şi totuşi: ce sunt?
Nu mă mai opream
şi scriam din infern, cu dragoste,
şi nu mai tăceam.
Alergam prin pădurile ţării mele
tăiate în disperare şi tot întrebam:
seara, drumul, zimbrii, mistreţii,
animalele de sare şi vis ale văzduhului.
Târziu, revenită acasă, am întrebat
stejarul uriaş din curtea vecinilor.
Ah, stejarul, acest trunchi drag
al nu se ştie cărei zeităţi,
cu care stau faţă în faţă
şi-mi arde inima,
şi-mi arde ochii,
şi-mi arde sufletul, da, stejarul –
amprentă a melancoliilor mele –
era atât de trist, atât de mândru
şi mai tăcut ca un şoim.

Pe urmă, când târziul începuse
să putrezească puţin câte puţin,
am întrebat cu o jumătate de gură
marea, prietenii de o viaţă
şi, mai cu seamă, duşmanii.
Depun mărturie:
n-am auzit decât ecoul secundei
care a murit în aerul excesiv
al acelor întrebări de pomină
făcându-şi – ca faraonii – mormânt.

庙堂的鸽子

我发觉，这攀爬宛如酷刑。
山高路陡，
强光噬人。
突然间，我走进寺庙，
喘不过气来。
我紧闭双眼，
需要时间
去适应庙里的光：
微弱，近似黑暗。

我和它，面对面站着：
我—— 一个人，
像一棵光秃秃的树，
它—— 一只鸟，

像位高权重的
强者的
锚。
我屏住呼吸
生怕将其惊扰。
它的目光
停留在我的气息，
像热带雨林的藤条，
像身体用尽全力后
下垂的手臂。

它歪了歪小小的脑袋，
若有所思地
凝视着我。
啊，它凝视着我，
而后低下头，
在神坛中间的
盘中啄食……

我清楚记得
鸽子那凝视的眼神，
倏忽间，
我豁然开朗。
我记得，

在离开寺庙时，
我把自己
铸成了
刺眼的光。

PORUMBIȚA DIN TEMPLU

Urmam un ritm devastator.
Urcuşul devenea imposibil
şi lumina devoratoare,
când am intrat brusc în templu
cu sufletul la gură.
Am închis ochii.
Trebuia să mă obişnuiesc
cu lumina de-acolo:
palidă, aproape obscură.

Stam față în față:
eu – un om,
ca un arbore desfrunzit,
ea – o pasăre,

ca o ancoră a cuiva
mult mai puternic
şi mult mai mare.
Mi-am ţinut respiraţia
din teama de a o speria.
Ea şi-a ţinut privirea
agăţată de respiraţia mea,
ca o liană, ca un braţ atârnând
de-a lungul unui trup obosit,
după un efort supraomenesc
prelungit.

Ea şi-a plecat capul mic
a mirare pe o parte;
şi mă privea.
Ah, cum mă privea!
Şi tot ciugulea
dintr-o tavă aşezată
în miezul altarului...

Ţin minte felul în care
mă fixa porumbiţa,
care ştia că brusc
am înţeles totul.

Ţin minte
lumina bubuitoare,
în care
m-am aruncat
la ieşirea din templu.

像俄赛里斯[1]的碎片

那神圣秋日尽头的诗歌——
像从俄赛里斯身上剥落的碎片……
当我用几乎无法辨认的躯壳
攀爬峭壁后又重整旗鼓，
我无法用它们衡量自己的力量。

历经漫长无尽、毫无来由的流浪，
我又回到原地。
我看不清那翅膀，那曾经是我的陆地。
哦，污秽又神圣的空气中，
那轻微的昏厥和甜蜜的幻境，

貌似无事可做。
必须打造一个全新世界，因为曾经的它无可挑剔。

生命的圣经，没有死亡的记录，任凭我四处寻找。
神明轻抚那折断的翅膀，
像一只脸朝下跌落的兽。

① 译者注：俄赛里斯，埃及神话中的冥神和鬼判。

Ca bucățile din Osiris

Ca bucățile din Osiris rupte –
aceste versuri în marginea toamnei divine...
Nu le-ajung nici la tibie, nici la genunchi,
când m-adun din urcușuri abrupte
în abia recunoscutul trunchi

și la matcă mă-ntorc după lungi pribegiri
nu se știe din ce pricini, nici până când.
Abia de mai văd aripa care mi-a fost pământ.
O, tandre sincope, dulci amăgiri
în aerul murdar și sfânt,

nu-i de făcut nimic; o lume e de făcut,
căci *toate erau bune foarte*. Carte a vieții sfântă,

moartea nu-i nicăieri; am căutat peste tot.
Zeul respiră într-o aripă frântă,
de animal căzut în bot.

白色天启

我不喜欢大都市，
不喜欢它的街道和人群，
不喜欢它混凝土的天际。
有时，我恐惧人类，
拔腿逃离那污浊的空气。

是的，我在樱桃树、玫瑰丛和蝴蝶间
拼命奔跑，
寻找古老的节奏和挚爱的味道。
每次，当我凝望脚踝上的露水，
发现我的向往总是可遇难求。

每次，当我指向明月，大喊，你看！？
总想起母亲讶异的眼神。

明月如你，明月如我，母亲这样告诉我，
明月也有眼睛和嘴巴，鼻子和眉毛；
月亮上美丽的仙女，会降下一场鹅毛大雪。

说来奇怪，第二天真的下了一场童话般的雪。
俄顷，白雪皑皑，堆积得像房子一样高，
大树、屋顶，银装素裹。
像白色天启的巨兽，
狡猾而谨慎地将我们吞没。

Apocalipsa albă

Nu-mi plăceau marile orașe,
nici arterele, nici aglomerațiile.
Nu mă omoram după cerul de beton.
Mi-era frică, uneori, de oameni și o luam
la sănătoasa din aerul de carbon.

Da, fugeam mâncând pământul
printre fluturi, cireși și roze, ca să vânez
vechi ritmuri și prea dragi miresme.
Mi se făcea dor de ceva imposibil,
când mă holbam la roua de pe glesne.

De ochii mirați ai Mamei mi se făcea dor,
când i-arătam cu degetul luna, strigând: o vezi?

Ca şi noi, oamenii, spunea Mama, luna
are ochi, gură, nas, sprâncene; zâna ei
bună va aduce cele mai mari zăpezi.

Straniu, a doua zi ningea ca în basme.
În curând vedeam totul acoperit de troiene
cât casa. Erau albi arborii, albe acoperişurile.
Animalul uriaş al apocalipsei albe ne-nghiţea
în ritmuri precaute, viclene.

梅什金公爵的微笑

当一切无药可救，
而若你还在倔强寻找，
就有机会找到个碎片，哪怕它脆弱轻巧，
它源于伪装的梅什金白痴的微笑，
源于一个孩子的吵闹。

如果你继续寻找，就一定能找到：
你的内心住着该隐和亚伯。
细思后的恐惧，并未减少你的困扰，
死神，施施而行，
将最后的旌旗降到了一半。

真的很巧：

只在那一刻，你渐渐体会到海浪最终退去。

只有那一刻，你发现全新的自我，孤独的自我。

溃败，跻身溃败之人中间，

你像在罪恶的深沟看见天边那一尘不染的旌旗迎风招展。

Surâsul prințului Mîșkin

Când nu mai e nimic de salvat,
dacă, totuși, te încăpățânezi și cauți,
ai șansa să găsești un rest, oricât de fragil,
crescut din surâsul falsului idiot Mîșkin,
din țipătul unui copil.

Iar dacă mai cauți, nu ai cum să nu vezi:
în tine e Abel, și tot acolo Cain răspunde la apel.
Teroarea gândurilor duble dă nu puțin
de furcă. Incredibil de lent, moartea
coboară în bernă ultimul drapel.

Ce coincidență stranie: abia atunci

simţi cum, treptat, apele ultime se retrag.
Abia atunci te regăseşti singur cuc pe lume.
Învins între învinşi, ca din bolgie
fluturat la orizont, vezi un imaculat catarg.

约瑟夫·布罗茨基[1]的坟墓

死亡并不能终结一切。

——普罗佩提乌斯

只有灰烬知道……

——约瑟夫·布罗茨基

秋意正浓，上帝，我来了，
伴着凄冷城市边缘
沉睡青草的呢喃，
借助狼群的嘶吼，我喊出我的幽怨。

我独自一人躺在象牙花纹下引诱我的鬼魂，
千年古松下的石棺，
一片黑暗，

我听见沉默在迷失的对句中结出果实。

一切都如书中所著，
造物主啊，你的目光，流连忘返，
从圣歌、战争、死亡的历史，，
跨越千百个年头和皇家宪章。

你像汪洋，像火焰，
像被幸运眷顾的蓝天，
我们在那里劳作——鬼魂重重——
土地、双眸、两鬓，

空气、薄雾、芬芳；
因为你，一切变得圆融，没有污迹。
是谁，把鬼魂变成错误，
把天空变成雄鹰？

我郁郁寡欢地从岩石上升起，。
众神迟暮，秋日明了：
地狱中的丽人
在热忱地歌唱。

我的死神姐妹知晓一切，
在那宁静的白色山峰，

生命之作中
最后的微笑在忧伤的阴影中绽放……

我思念的是你啊，上帝。
寒冷彻骨，我借助暴雨和泻湖喊出我的幽怨。
在这首诗里，
信天翁在红色玫瑰的眼中筑巢。

在这首诗里，只在这里，
我借助你，经历阴晴圆缺、兴衰起伏、爱恨情仇。
我在每段人生中消亡，
而后躲进衰败的草场。

---

① 译者注：约瑟夫·布罗茨基，俄裔美国诗人，散文家，诺贝尔文学奖获得者。

La mormântul lui Iosif Brodski

„Letum non omnia finit./ Cu moartea nu se sfârşeşte totul.”
Propertius

„Только пепел знает...”/ „Numai cenuşa ştie...”
Iosif Brodski

Toamna e în zenit; iată-mă, Doamne,
în murmurul ierbii care adoarme
pe muchia urbei încolţite de frig
şi lupii prin care tristeţile-mi strig.

Singur, sub iederă, duhul mi-atrag
bezne-nzidite în sarcofag,
de secoli umbrit de pini, unde-ascult

tăcerea dând rod în distihul pierdut.

Totul e cum s-a scris în carte.
Din psalmi, războaie, istorii moarte,
prin milenii, hrisoave, curge şi curge
privirea ta, uşor, demiurge.

Tu eşti ca marea, tu eşti ca focul,
tu eşti ca cerul purtat de norocul,
în care lucrăm – duh în duh –
pământuri, ochi, temple, văzduh,

abur, mireasmă; totul prin tine
devine rotund, fără pată. Cine
răstoarnă duhu-n eroare
şi văzduhul în pasărea mare?

Mă ridic din pietre, melancolie.
În amurgul zeilor, toamna ştie:
din infern cu dragoste cântă
frumuseţea ctitorită să mintă.

Sora mea, moartea, pe toate le ştie.
Peste culmile albe, în liniştea vie,

un ultim surâs în cartea vieţii
înfloreşte în umbra tristeţii...

De tine mi-e dor, Doamne. E frig,
prin furtuni şi lagune tristeţea o strig.
În acest poem îşi fac cuib albatroşii
de sub pleoapa trandafirilor roşii.

În acest poem, singur, prin tine
apun, luminez, mă întunec,
răsar, iubesc, mă sting în oricine
şi-n iarba învinsă lunec.

不要畏惧

不要畏惧，无论什么。
草地并未减少一分青翠。
珀伽索斯陷入沉思，
掠过你，像掠过一本书，

姗姗来迟，似在没有主人的居所
找到了安宁。
不要畏惧。
秋天，莫名地眨巴明眸。

一切被岁月的灰烬覆盖，
颓废的天使从天而降。
命运轻声哼唱，
期限已到，时代的铁箍断裂。

不要畏惧，我在这里。
我在芬芳、山鹰、色彩中间等你。
这条乡间小路是我的手，
已被你践踏了千千万遍。

SĂ NU TE SPERII

Să nu te sperii orice s-ar întâmpla.
Iarba e la fel de verde ca altădată.
Căzuţi pe gânduri, pegaşii luminii
te răsfoiesc ca pe o carte

şi întârzie, de parcă şi-ar fi găsit
liniştea într-o casă a nimănui.
Să nu te sperii. Toamna dă semne
din ochii nu se ştie cui.

Totul se-acoperă de cenuşa anilor.
Cad heruvimi prea copţi din cer.
Zumzăie destinul. A venit vremea.
Se sparge cercul vârstei de fier.

Să nu-ţi fie teamă. Sunt aici.
Te aştept în miresme, vulturi, culori.
Acest drum de ţară e mâna mea,
călcată de tine de-atâtea ori.

奥拉·克莉斯迪谈诗

诗歌，就像尊贵的客人或异教的花粉，很难真正抵达你的世界。所以，如果它降临，即便不知该感谢谁，也要始终保持一颗感恩的心。打造诗歌的宝贵素材并非词句，而是悲凉。但是，不可否认，诗歌中的词句具有闪电般的穿透力量。

诗歌，具有血肉之躯，是充满矛盾的两栖动物。它是你寄居了千百年的神秘山洞，是守望深渊的孩子……是的，你不断坠落，越陷越深……堕入生命的深坑……你不知道自己为何坠落……直到听见内心深处的陈情和哭泣、哀诉和呢喃……他似乎已经成为了你，替代了你，超越了你。你夹在血肉铸成的墙壁中间，瞠目结舌地倾听。你努力抓紧，靠近那难以理解的一切，感觉身上所有毛孔莫名张开……神秘现身，似乎可以触摸。借由你，那令你无语的无名陌客开始表达自我。你感觉自己反倒变成了工具，掌握在位高权重的远古人手中。

奥拉·克莉斯迪的主要作品

诗集:《在影子的另一边》(1993);《个人悖论》(1995);《轨迹的盛礼》(1996);《国王谷》(1996);《不要碰我》选集(1997,1999);《最后一面墙》(1999);《北方挽歌》(2002);《引诱之书》选集(2003);《吞噬一切的眼睛》选集(2004);《简朴园》(2010);《冷界》(2011);《悲剧梦想家》选集(2013);《轨迹》(2016);《诗篇》选集(2016);《心灵的天才》(2017)。

Cărți de poezie: De partea cealaltă a umbrei (1993); Împotriva Mea (1995); Ceremonia Orbirii (1996); Valea Regilor (1996); Nu mă atinge, antologie (1997, 1999); Ultimul zid (1999); Elegii Nordice (2002); Cartea ademenirii, antologie (2003); Ochiul devorator, antologie (2004); Grădini austere (2010); Sfera frigului (2011); Tragicul visător, antologie (2013); Orbita zeului (2016); Psalmi, antologie (2016); Geniul inimii (2017).

散文集:《存在的碎片》(1998);《流亡的迷宫》(2000,2005);

《山的另一面》(2005) ;《生的信仰》(2007) ;《三千符号》(2007) ;《命运的演习》(2007) ;《存在的渴望》(2010) ;《尼采和伟大的中午》(2011) ;《陀思妥耶夫斯基——尼采》《苦痛颂》(2013) ;《家——流放中》(2016)。

Cărţi de eseuri: Fragmente de fiinţă (1998); Labirintul exilului, (2000, 2005); Celălalt versant (2005); Religia viului (2007); Trei mii de semne (2007); Exerciţii de destin (2007); Foamea de a fi (2010); Nietzsche şi Marea Amiază (2011); Dostoievski – Nietzsche. Elogiul suferinţei (2013); Acasă – în exil (2016).

小说:《夜鹰》四部曲:《雕塑家》第一卷 (2001，2004) ;《陌生的夜晚》第二卷 (2004，2016) ;《伟大游戏》第三卷 (2006) ;《晚春雪》第四卷 (2007) ;《黑暗中的小屋》(2008) ;《野生圈》(2010)。

Roman: tetralogia Vulturi de noapte: Sculptorul, vol. I (2001, 2004); Noaptea străinului, vol. II (2004, 2016); Marile jocuri, vol. III (2006); Zăpada mieilor, vol. IV (2007); Casa din întuneric (2008); Cercul sălbatic (2010).